Passeport

ADULTES

ENQUÊTES AU MUSÉE

Cécile Danielle

hachette

MODE D'EMPLOI

19 ENQUÊTES INSPIRÉES PAR DE GRANDES ŒUVRES DE L'HISTOIRE DE L'ART

• **Pour chaque enquête, six énigmes à résoudre dans l'ordre.**
Des jeux variés, des casse-tête, des QCM, de la culture générale, des intrus, des rébus, des codes secrets... Faciles ou corsés !

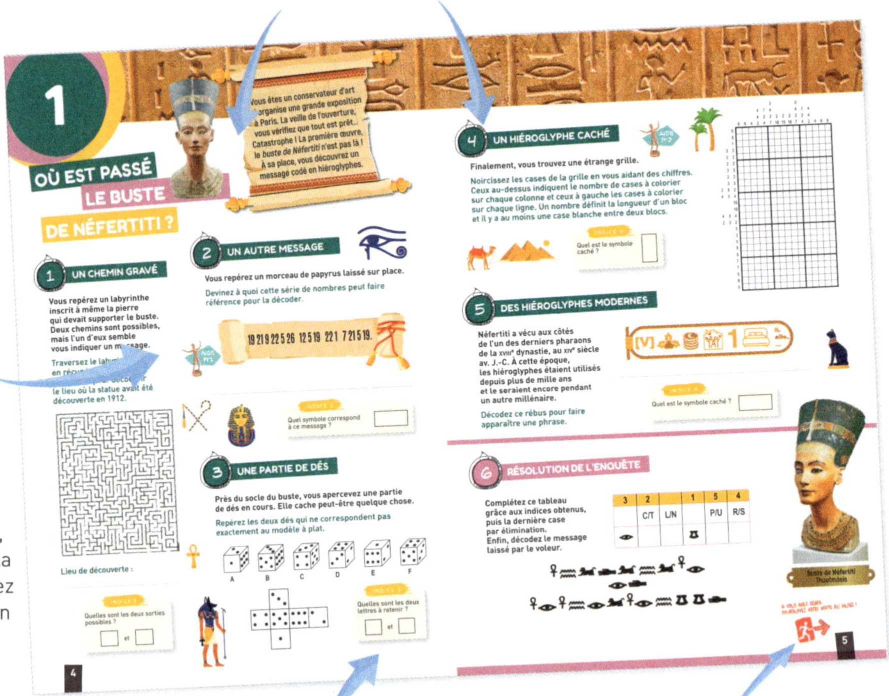

• Chaque fois que vous verrez **un mannequin en bois**, une aide vous attend à la page 64. Vous y trouverez des coups de pouce bien utiles !

INDICE

• À la fin de chaque **énigme**, reportez votre réponse dans les cases dédiées. Ces **indices** seront indispensables pour résoudre l'énigme finale.

• Des **corrigés** en fin d'ouvrage, pour vérifier vos réponses !

À vous de jouer !

Et aussi, 4 doubles pages de quiz pour tester vos connaissances !

Couverture :
Primo&Primo

Maquette et mise en pages :
Le Studio d'exées

Édition :
Sophie Zeegers

Relecture :
Carine Vincent

ISBN : 978-2-01-732611-3

58, rue Jean-Bleuzen
92170 Vanves

Crédits iconographiques
© shutterstock pour l'ensemble des images, à l'exception de : **p. 5 bd** © Bridgeman Images ; **p. 7 bd** © Photo Josse / Bridgeman Images ; **p. 8-9 bandeau**, dessins de Léonard de Vinci, image libre de droits © Rogers Fund, 1917 ; **p. 8 bg, 9 bd** © Bridgeman Images ; **p. 10-11 bandeau**, image libre de droits © Paul Mellon Fund ; **p. 10**, été, automne, printemps et hiver © Photo Josse / Bridgeman Images ; **p.11 bm** image libre de droits © Acquisitions Fund, 2015 ; **p. 11 bd** © Photothèque Hachette ; **p. 12-13 bandeau** © Bridgeman Images ; **p. 13 hg** © Photo Josse / Bridgeman Images ; **p. 13 bd** © Bridgeman Images ; **p. 14 hd** © Photo Josse / Bridgeman Images ; **p. 14 bd** © Peter Willi / Bridgeman Images ; **p. 15 h** © Bridgeman Images ; **p. 15 b** © Raffaello Bencini / Bridgeman Images ; **p. 18-19 bandeau, p. 19** h © Photothèque Hachette ; **p. 22-23 bandeau, p. 23 h** © Photothèque Hachette ; **p. 23 bd** © Christie's Images / Bridgeman Images ; **p. 24 m**, image libre de droits © collection of Mr. and Mrs. Paul Mellon ; **p. 27 hm** © Bridgeman Images ; **p. 28 h, p. 19 bd** © Philippe Galard / Bridgeman Images ; **p. 28** succube, amour et psyché, Buste de Carrier-Belleuse, d'Alembert images libres de droits, CC0 Paris Musées / Petit Palais, musée des Beaux-Arts de la Ville de Paris ; **p. 28** Balzac image libre de droits CC0 Paris Musées / Maison de Balzac ; **p. 32-33 bandeau, p. 33 g** image libre de droits ; **p. 33 bd** © Photo Josse / Bridgeman Images ; **p. 34 bg**, image 4, image libre de droits © Purchase, Wolfe Fund, and Rogers and Munsey Funds, Gift of Henry Walters, and Bequests of Catharine Lorillard Wolfe and Collis P. Huntington, by exchange, 1980 ; **p. 35** © NPL - DeA Picture Library / Bridgeman Images ; **p. 36 d** © Bridgeman Images ; **p. 38 md** © Fine Art Images / Bridgeman Images ; **p. 41 bg** Guernica© Photo Josse / © Succession Picasso 2025 / Bridgeman Images ; **p. 41 bd** Tête de femme pleureuse avec mouchoir III © Succession Picasso/DACS, London 2025 / Bridgeman Images; **p. 43 bd** © Luisa Ricciarini / Bridgeman Images ; **p. 45** © Adagp, Paris 2025 © Christie's Images / Bridgeman Images ; **p. 46 md** © 2025 Niki Charitable Art Foundation / Adagp, Paris © Walter Allgoewer /Bildarchiv Steffens / Bridgeman Images ; **p. 47 bd** © 2025 Niki Charitable Art Foundation / Adagp, Paris © Christie's Images / Bridgeman Images. **Illustration** Victoire de Samothrace **p. 6 h** : Stéphanie Benoit. **Labyrinthes p. 4 et 33** © Mazegenerator.

www.parascolaire.hachette-education.com

SOMMAIRE

1	Où est passé le buste de Néfertiti ?	4-5
2	Qui a habillé la *Victoire de Samothrace* ?	6-7
3	Pourquoi *La Joconde* est-elle recouverte de peinture noire ?	8-9
4	Quel tableau des *Quatre Saisons* est un faux ?	10-11
5	Où sont cachés *Les Époux Arnolfini* de Jan Van Eyck	12-13
	EXPOSITION TEMPORAIRE La Renaissance	14-15
6	À quel genre appartient *La Jeune Fille à la perle* de Vermeer ?	16-17
7	Pourquoi *Le Radeau de La Méduse* a-t-il été masqué ?	18-19
8	Pourquoi *La Grande Vague* d'Hokusai est-elle accrochée à la verticale ?	20-21
9	Que savez-vous sur *La Liberté guidant le peuple* de Delacroix ?	22-23
10	Qui est *La Petite Danseuse de quatorze ans* de Degas ?	24-25
	EXPOSITION TEMPORAIRE L'impressionnisme	26-27
11	Quel était le nom original du *Baiser* de Rodin ?	28-29
12	Qui a copié *La Nuit étoilée* de Van Gogh ?	30-31
13	Quelles couleurs utilise Munch pour faire passer des émotions dans *Le Cri* ?	32-33
14	Quel âge avait Klimt lorsqu'il a peint *Les Trois Âges de la femme* ?	34-35
15	Lequel des *Nymphéas* de Monet comporte-t-il une erreur ?	36-37
	EXPOSITION TEMPORAIRE L'art abstrait et le surréalisme	38-39
16	Quel personnage souhaite s'exprimer dans *Guernica* de Picasso ?	40-41
17	Dans quel ordre reconstruire la vie de Frida Kahlo ?	42-43
18	Qui a déposé des pommes au pied du *Fils de l'homme* de René Magritte ?	44-45
19	Où la *Nana* de Niki de Saint-Phalle a-t-elle été cachée ?	46-47
	EXPOSITION TEMPORAIRE L'art contemporain	48-49
	Corrigés	50-63
	Indices	64

1

OÙ EST PASSÉ LE BUSTE DE NÉFERTITI ?

Vous êtes un conservateur d'art qui organise une grande exposition à Paris. La veille de l'ouverture, vous vérifiez que tout est prêt… Catastrophe ! La première œuvre, le buste de Néfertiti, n'est pas là ! À sa place, vous découvrez un message codé en hiéroglyphes.

1 UN CHEMIN GRAVÉ

Vous repérez un labyrinthe inscrit à même la pierre qui devait supporter le buste. Deux chemins sont possibles, mais l'un d'eux semble vous indiquer un message.

Traversez le labyrinthe en récupérant les lettres en chemin pour découvrir le lieu où la statue avait été découverte en 1912.

Lieu de découverte : ....

INDICE 1

Quelles sont les deux sorties possibles ?

☐ et ☐

2 UN AUTRE MESSAGE

Vous repérez un morceau de papyrus laissé sur place.

Devinez à quoi cette série de nombres peut faire référence pour la décoder.

AIDE N°1

19 21 9 22 5 26 12 5 19 22 17 21 5 19

INDICE 2

Quel symbole correspond à ce message ? ☐

3 UNE PARTIE DE DÉS

Près du socle du buste, vous apercevez une partie de dés en cours. Elle cache peut-être quelque chose.

Repérez les deux dés qui ne correspondent pas exactement au modèle à plat.

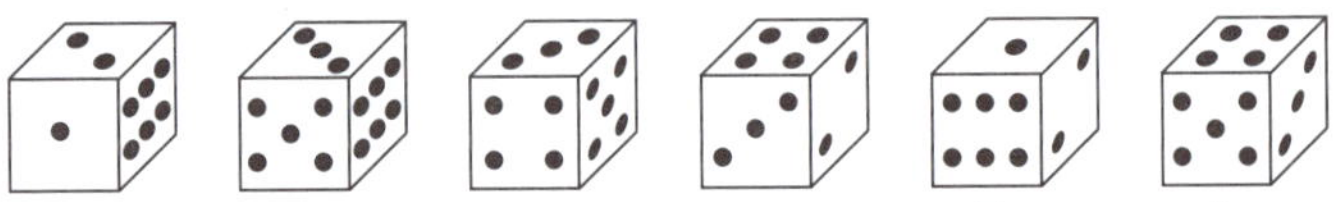

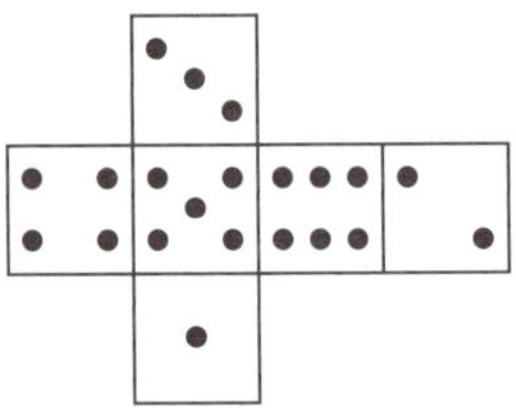

INDICE 3

Quelles sont les deux lettres à retenir ?

☐ et ☐

4 UN HIÉROGLYPHE CACHÉ

Finalement, vous trouvez une étrange grille.

Noircissez les cases de la grille en vous aidant des chiffres. Ceux au-dessus indiquent le nombre de cases à colorier sur chaque colonne et ceux à gauche les cases à colorier sur chaque ligne. Un nombre définit la longueur d'un bloc et il y a au moins une case blanche entre deux blocs.

Indices des colonnes (de gauche à droite) :

					3				3					
			4	7	4				4	7	4			
			4	2	2	2	2	2	2	2	4			
6	6	4	2	4	7	16	15	16	7	4	2	4	6	6

Indices des lignes (de haut en bas) :

		0
		5
		7
	3	3
	2	2
	2	2
	3	3
	2	2
	3	3
2	5	2
4	3	4
		15
		15
4	3	4
2	3	2
		3
		3
		5
		5
		5
		7
		7
		9
		9
		0

INDICE 4

Quel est le symbole caché ?

5 DES HIÉROGLYPHES MODERNES

Néfertiti a vécu aux côtés de l'un des derniers pharaons de la XVIIIe dynastie, au XIVe siècle av. J.-C. À cette époque, les hiéroglyphes étaient utilisés depuis plus de mille ans et le seraient encore pendant un autre millénaire.

Décodez ce rébus pour faire apparaître une phrase.

....

INDICE 5

Quel est le symbole caché ?

6 RÉSOLUTION DE L'ENQUÊTE

Complétez ce tableau grâce aux indices obtenus, puis la dernière case par élimination. Enfin, décodez le message laissé par le voleur.

3	2		1	5	4
	C/T	L/N		P/U	R/S

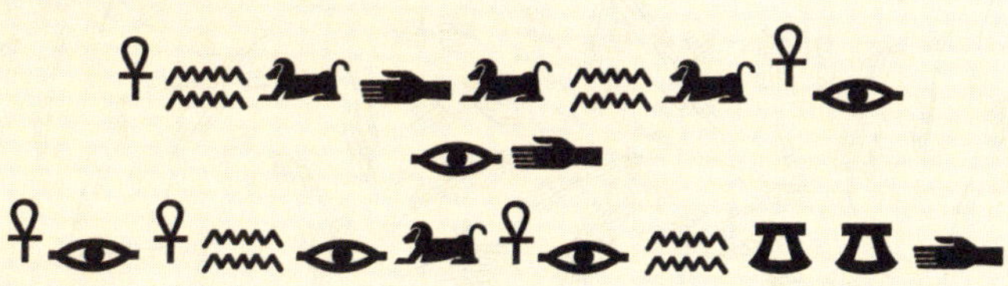

Buste de Néfertiti
Thoutmôsis

SI VOUS AVEZ RÉUSSI,
POURSUIVEZ VOTRE VISITE DU MUSÉE !

Rassuré d'avoir retrouvé le buste de Néfertiti, vous poursuivez votre visite jusqu'à la *Victoire de Samothrace*. Elle est bien là, mais quelqu'un l'a habillée d'un grand manteau. Qui a bien pu faire ça ?

2 QUI A HABILLÉ LA VICTOIRE DE SAMOTHRACE ?

1 PREMIÈRE FOUILLE

Dans l'une des poches du manteau, vous trouvez une mystérieuse grille ainsi qu'un texte sur l'histoire de la statue. Comme son nom l'indique, elle a été découverte sur l'île de Samothrace, dans un sanctuaire, en 1863.

Entourez quatre nombres sur chaque ligne et chaque colonne pour que leur somme totale soit égale à 15. De premiers nombres ont déjà été entourés pour vous aider.

(7)	0	(2)	8	4	(5)	6	9	(1)
1	9	3	6	3	8	0	1	7
4	6	7	3	0	1	8	9	4
(5)	4	8	2	3	9	7	4	10
(0)	8	3	1	11	0	7	4	2
7	0	7	7	1	4	5	3	2
6	2	5	0	5	3	4	2	8
(3)	11	3	7	2	8	2	0	6
2	0	9	3	6	7	0	5	4

INDICE 1

Remplacez les chiffres colorés entourés par les lettres qui leur correspondent dans l'alphabet.

☐ ☐ ☐ ☐

2 MÉLI-MÉLO

Dans une autre poche, vous trouvez un dessin : il représente la déesse Niké, comme la statue. Au dos, des traits s'entremêlent, c'est sûrement un indice.

Replacez chaque lettre comme il convient en suivant les chemins.

O S R E A P E N B L S

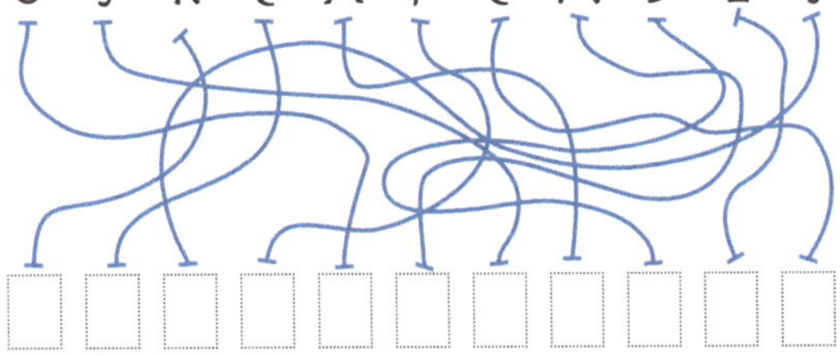

INDICE 2

Quel mot pouvez-vous lire ?

....

3 DÉCODAGE

Finalement, vous trouvez un code griffonné sur un papier tombé entre deux plis du fabuleux drapé de la déesse, du très beau travail sur cette œuvre du IIe siècle av. J.-C.

Trouvez le code en vous aidant de la légende. Chaque point coloré correspond à une lettre de la ligne, sans qu'on sache laquelle.

B A N U L — S L N A R

L A M R B — L S B U N

L R M A U — ? ? ? ? ?

- bien placé
- mal placé
- pas dans le code

INDICE 3

Quel mot apparaît sur la sixième ligne ?

_ _ _ _ _

4 SUR LES TRACES DE LA STATUE

Vous vous intéressez à présent au panneau près de l'œuvre, une grille a été scotchée au bord.

Barrez tous les mots de la liste dans cette grille.

INDICE 4

Quel mot pouvez-vous lire avec les lettres restantes ?

_ _ _ _ _ _ _

AVRIL
CONSULAT
DRAPERIE
ÉGÉE
ESCALIERS
FOUILLE
GREC
HELLÉNISTIQUE
ÎLE
LOUVRE
MARBRE
NAVIRE
NIKÉ
PALÉOPOLIS
PIERRE
PROUE
RÉFUTE
RHODES
SAMOTHRACE
SANCTUAIRE
SCULPTEUR
SOCLE
STATUE
STUC
TAILLEUR
TECHNIQUE
VICTOIRE

H	T	E	É	G	É	R	H	O	D	E	S	C
T	E	M	A	R	B	R	E	R	I	V	A	N
A	C	L	E	I	R	E	P	A	R	D	N	R
I	H	E	L	R	U	E	T	P	L	U	C	S
L	N	R	L	É	G	R	E	C	P	E	T	A
L	I	R	I	A	N	L	É	V	R	U	U	M
E	Q	E	U	E	I	I	Î	F	O	T	A	O
U	U	I	O	R	K	R	S	L	U	A	I	T
R	E	P	F	V	É	V	A	T	E	T	R	H
C	O	N	S	U	L	A	T	T	I	S	E	R
P	A	L	É	O	P	O	L	I	S	Q	E	A
S	R	E	I	L	A	C	S	E	S	T	U	C
E	L	C	O	S	V	I	C	T	O	I	R	E

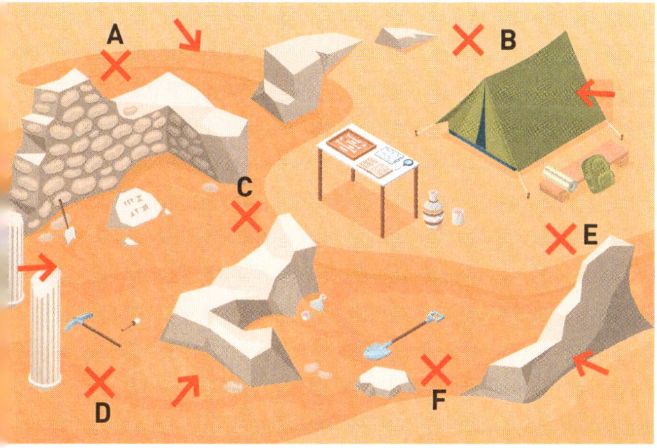

5 FOUILLES ARCHÉOLOGIQUES

Vous observez le plan des fouilles. Charles Champoiseau, le Français qui l'a découverte, a dû creuser différentes zones pour retrouver toutes les parties de la statue.

Retrouvez la seule ✕ qui n'est pas désignée par une flèche.

INDICE 5

À quelle lettre correspond-elle ? ☐

6 RÉSOLUTION DE L'ENQUÊTE

Ces six personnes étaient au musée ce matin et auraient pu agir en toute discrétion.

Retranscrivez vos indices et procédez par élimination pour trouver celui ou celle que vous cherchez.

Le ou la coupable porte du ______ INDICE 1

Il ou elle n'a pas un poste de ______ INDICE 2

Ses cheveux sont ______ INDICE 3

Il ou elle ne porte pas de ______ INDICE 4

Il ou elle ne correspond pas à la lettre ______ INDICE 5

SI VOUS AVEZ RÉUSSI, POURSUIVEZ VOTRE VISITE DU MUSÉE !

3

> Vous poursuivez votre visite du musée par l'œuvre la plus importante de l'exposition : *La Joconde*. Vous constatez avec effroi que la vitre qui la protège est couverte d'une peinture noire.

POURQUOI *LA JOCONDE* EST-ELLE RECOUVERTE DE PEINTURE NOIRE ?

1 UN NOIR SECRET ?

AIDE N°5

Cette affaire vous rappelle celle de la soupe jetée sur le tableau en 2024 ! Mais cette fois, le coupable semble avoir laissé exprès des zones visibles.

Trouvez ce qu'il cherche à vous dire.

A	S	V	V	Y	O	I
U	L	P	V	S	H	J
R	Y	I	C	N	V	H
X	E	Y	I	K	C	E
M	P	O	R	L	C	H
E	G	E	J	S	D	V
N	B	M	Z	L	I	U
E	A	E	Y	O	N	H
P	O	A	Y	U	V	R
Z	B	K	D	C	T	K

INDICE 1

Quelle lettre correspond à ce message énigmatique ? ☐

2 DEUX VERSIONS D'ELLE-MÊME

Vous nettoyez une bonne partie de la vitre, mais il reste toujours quelques reflets, qui ajoutent des éléments à cette œuvre du début du XVIe siècle.

Repérez toutes les différences qui se sont glissées entre ces deux images de *La Joconde*. Combien en voyez-vous ?

INDICE 2

Remplacez le nombre de différences par la lettre qui lui correspond dans l'alphabet. ☐

3 LE MATÉRIEL ADÉQUAT

Pour réaliser ce tableau, Léonard de Vinci a utilisé de la peinture à l'huile, du bois de peuplier et ses meilleurs pinceaux !

Devinez logiquement la valeur des images pour résoudre l'opération : chacune a une valeur différente, comprise entre 1 et 9.

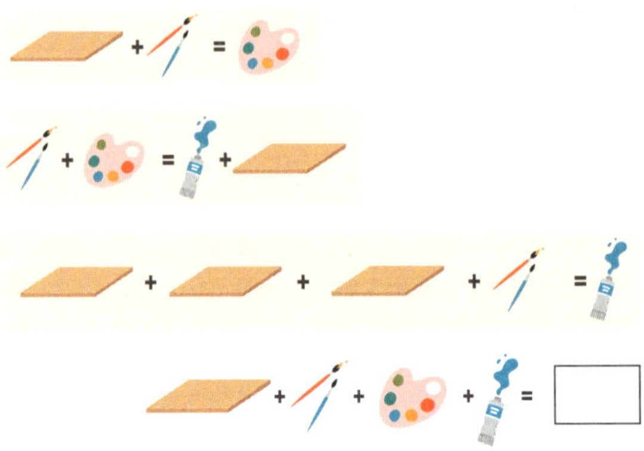

AIDE N°6

INDICE 3

Remplacez le total par la lettre qui lui correspond dans l'alphabet. ☐

4 LA TOUCHE DE VINCI

Les œuvres du peintre ont plusieurs points communs : la science est mise au service de sa peinture, il utilise la technique du sfumato et accorde beaucoup d'importance à la perspective. Ces images au pied du tableau ont-elles aussi un lien entre elles ?

Trouvez le point commun entre toutes ces images.

INDICE 4

Quelle lettre pouvez-vous tirer de cette énigme ? ☐

5 LA VAGUE

Vous fouillez à présent toute la pièce à la recherche d'autres indices. Vous tombez finalement sur le pot de peinture noire, sur lequel ont été gravées des lettres, ainsi qu'une ligne ondulée.

Reportez les lettres autour de cette vague en vous aidant de celles déjà placées.

IAPRÎDUFI LPAATEXOS

I A
L

DNJUO ASOJU

INDICE 5

Quelle consonne pouvez-vous retenir ? ☐

6 RÉSOLUTION DE L'ENQUÊTE

À l'aide de cette grille, écrivez quatre mots, qui vous expliqueront la revendication de l'auteur de ce sabotage.

__ __   __ __ __ __ __ __ D __

__ __ X   __ __ __ __ __ __ __ __ __ __ S !

	INDICE 1	INDICE 2	INDICE 3	INDICE 4	INDICE 5
Lettres					
Occurences	2	2	2	3	1
Lettres	L	E	C	T	U
Occurences	2	2	1	1	1

La Joconde
Léonard de Vinci

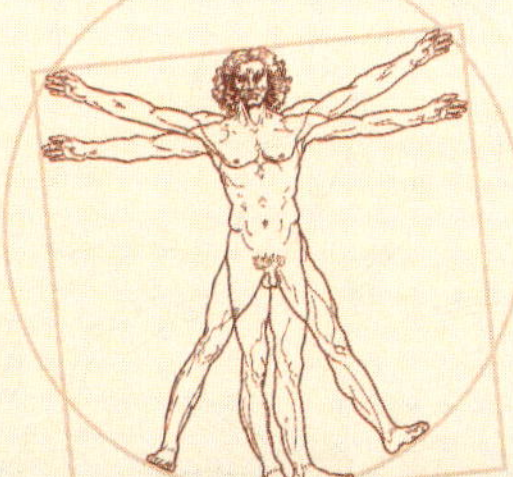

SI VOUS AVEZ RÉUSSI, POURSUIVEZ VOTRE VISITE DU MUSÉE !

4

En poursuivant votre visite au milieu d'autres tableaux de la Renaissance, vous apercevez un mot laissé près des *Quatre Saisons*, quatre tableaux d'Arcimboldo. Il y est écrit :
« L'un d'eux est faux, mais lequel ? »

QUEL TABLEAU DES *QUATRE SAISONS* EST UN FAUX ?

1 MAUVAIS ACCROCHAGE

Vous observez les portraits. Ce sont des *quadri ghiribizzosi*, ou « têtes composées ».
Vous ne remarquez rien, si ce n'est qu'ils n'ont pas été accrochés dans le bon ordre.

Numérotez les portraits de 1 à 4, pour que chaque personnage en regarde un du sexe opposé et que le printemps soit au-dessus de l'automne.

INDICE 1

Notez le mot formé par les lettres en gras.

_ _ _ _ _ _ _ _ _

2 EN PYRAMIDE

Ces quatre portraits indiquent aussi les quatre âges de la vie : l'enfance, l'adolescence, la maturité et la vieillesse. Au verso du mot, vous trouvez cette question : « Combien d'espèces de plantes différentes se trouvent sur le printemps ? »

Pour le savoir, complétez cette pyramide : chaque case correspond à la somme des deux situées en dessous.

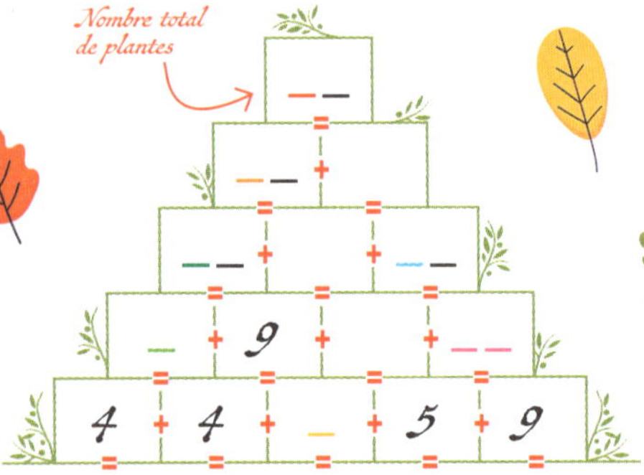

INDICE 2

Remplacez chaque nombre coloré par la lettre qui lui correspond dans l'alphabet :

☐ R ☐ ☐ ☐ ☐ ☐ ☐ ☐

3 HISTOIRE DE L'ART

Vous regrettez de ne pas avoir été plus attentif en cours d'histoire de l'art...

Classez ces événements dans l'ordre chronologique.

T Création de l'Académie royale de peinture et de sculpture en France.

G Pablo Picasso popularise le cubisme.

À De Vinci peint *La Joconde*.

C Jan Van Eyck participe à l'amélioration de la peinture à l'huile.

I Munch et d'autres artistes participent au mouvement expressionniste.

E Dali et Magritte participent au mouvement surréaliste.

H L'Italie devient l'épicentre de la peinture avec une théorisation de la perspective.

N André Breton publie son manifeste du surréalisme.

A Édouard Manet choque avec son *Déjeuner sur l'herbe*.

INDICE 3

Quel mot est apparu ?

....

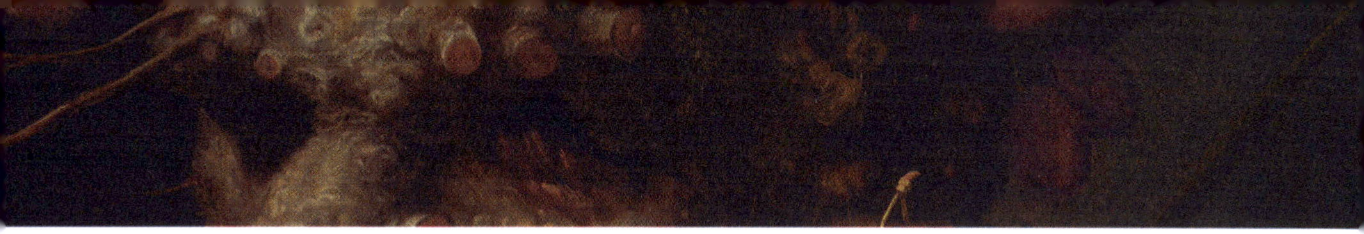

4 LE SENS DE L'OBSERVATION

Vous commencez à voir flou à force d'observer tous ces fruits, légumes et autres végétaux. Il y a un détail qui vous échappe !

Repérez cette suite (poivron, pomme, citrouille), à chaque fois qu'elle apparaît, en sachant qu'elle peut être à la verticale ou à l'horizontale, mais pas en diagonale.

P	N	F	P	N	O	D	B	U	P
R	I	M	B	I	L	F	U	B	K
P	F	R	A	B	Y	F	O	N	R
D	V	N	S	G	K	B	P	M	N
M	B	K	A	H	J	D	T	N	O
B	A	T	B	L	B	F	O	M	G
O	D	F	B	I	J	P	N	R	I
N	D	T	P	O	N	O	T	B	S
R	B	P	J	T	D	V	M	I	E
H	O	S	V	J	I	P	B	T	B

INDICE 4

Récupérez les lettres pour écrire un mot.

_ _ _ _ _ _ _ _ _ _

5 REPÉRAGE

Alors que vous commencez à croire que c'est ce message qui est faux, vous en repérez un autre. Une grille y a été dessinée.

Repérez les objets cachés dans cette grille : les chiffres en haut et à gauche indiquent le nombre de cases qui contiennent un objet ou une partie d'objet. Deux objets ne peuvent pas se toucher, même en diagonale.

	3	2	4	3	1	2	2	2
2	B		D	R		A		V
3		R			L	P		I
0								
6	T		O		N	I	J	
0								
5	C		H		A	P		A
1		L		I	L		V	
2	T		U	R	U	S		T

3 petits : ▢▢▢▢

3 moyens : ▢▢▢▢

2 grands : ▢▢▢

1 très grand : ▢

AIDE N°9

INDICE 5

Récupérez la première lettre de chaque objet pour écrire un mot.

____

6 RÉSOLUTION DE L'ENQUÊTE

Décodez ce message en vous aidant des indices, puis observez attentivement les quatre tableaux pour trouver le faux.

Le faux est le seul à contenir cet élément :

CCVCCVVCV

INDICE 1

INDICE 2

INDICE 3

INDICE 4

INDICE 5

Le Jardinier
Giuseppe Arcimboldo

SI VOUS AVEZ RÉUSSI, POURSUIVEZ VOTRE VISITE DU MUSÉE !

5

Vous poursuivez votre visite et tombez sur l'emplacement des *Époux Arnolfini* de Van Eyck.

Le tableau n'y est plus, mais plusieurs indices pourraient vous permettre de le retrouver.

OÙ SONT CACHÉS LES ÉPOUX ARNOLFINI DE JAN VAN EYCK ?

1 UNE LOGIQUE DE LETTRES

Au pied du mur, vous repérez une feuille de papier laissée par les voleurs...

Complétez cette grille d'Alphaku de sorte que chaque lettre de la liste apparaisse une fois par ligne, par colonne et par carré de neuf cases.

A - C - E - G - O - R - S - U - X

A	E	C		U	X	G	S	
	R	U	A	G	O	C	X	
O						A	R	
	C		S	A				X
E								
				R	U	O		C
					S			A
	U	S				X		
X		E	U	O				

INDICE 1

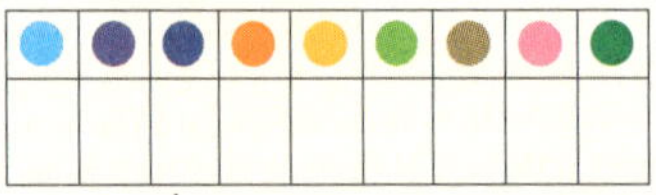

2 DES MOTS EN IMAGES

Vous vous approchez. À la place du tableau, des pictogrammes ont été accrochés. À première vue, il n'y a aucun lien entre eux...

Comparez chaque couple d'images pour obtenir 6 lettres.

AIDE N°10

INDICE 2

Quel mot pouvez-vous écrire avec les lettres obtenues, en sachant que la première est une voyelle ?

3 DES SYMBOLES ÉSOTÉRIQUES ?

Sous l'une des images qui remplacent le tableau, vous découvrez d'étranges symboles gravés à même le mur. Ils sont accompagnés de flèches.

Aidez-vous des flèches pour transformer ces symboles et lire le message caché.

INDICE 3

Quel mot arrivez-vous à lire ?

_ _ _ _ _ _ _

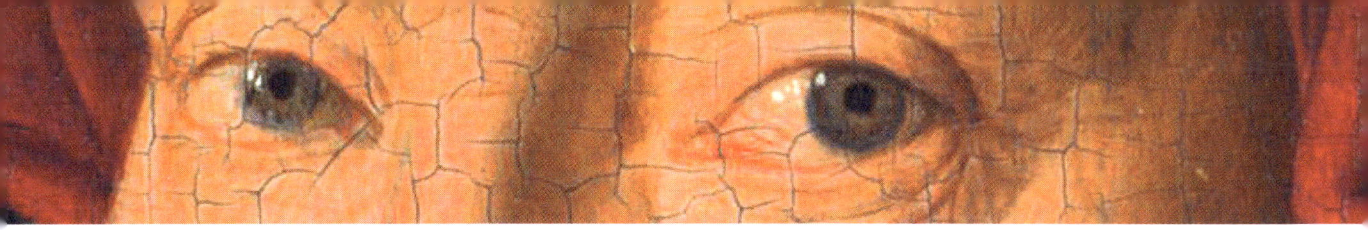

4 DÉCOMPOSITION

Vous apercevez une enveloppe. Des bandelettes s'y trouvent, elles semblent représenter le tableau disparu.

Remettez les lettres dans l'ordre pour recomposer le tableau.

R R S R I P E E

INDICE 4 — Quel mot avez-vous découvert ?

_ _ _ _ _ _ _ _

5 UN PORTRAITISTE RECONNU

Finalement, vous dénichez un article qui dresse la vie de Jan Van Eyck, avec de nombreuses dates.

Barrez les nombres qui apparaissent en double pour n'en garder qu'un seul.

36 39 88 13 43 24 09 90 09 13 22 26 32 64 74 14 24 43 36 32 39 64 88 22 90 74 14

INDICE 5 — Complétez cette fraction avec le chiffre des dizaines en haut et celui des unités en bas.

6 RÉSOLUTION DE L'ENQUÊTE

Rassemblez les cinq indices obtenus et résolvez cette charade pour découvrir où le tableau a été caché.

INDICE 2 — Mon premier est au sommet des

INDICE 5 — Mon deuxième est la façon la plus simple d'écrire

INDICE 3 — Mon troisième est facile à

INDICE 4 — On a besoin de mon quatrième pour

INDICE 1 — Mon cinquième n'est pas

Mon sixième est le contraire de la gêne, il reflète davantage la détente et la satisfaction.

Mon tout est le lieu où le tableau a été caché.

L'Homme au turban rouge
Jan Van Eyck

SI VOUS AVEZ RÉUSSI, POURSUIVEZ VOTRE VISITE DU MUSÉE !

La Renaissance

1. Quel artiste de la Renaissance a peint *La Naissance de Vénus* ?

- ☐ a) Léonard de Vinci
- ☐ b) Titien
- ☐ c) Sandro Botticelli

2. Quel artiste ne fait pas partie des peintres flamands de la Renaissance ?

- ☐ a) Pierre Paul Rubens
- ☐ b) Jérôme Bosch
- ☐ c) Jan Van Eyck

3. De quel artiste sont les sculptures que l'on peut observer au musée du parc Villa Borghèse à Rome ?

- ☐ a) Donatello
- ☐ b) Le Bernin
- ☐ c) Andrea del Verrocchio

4. Raphaël est l'auteur de la célèbre statue de David.

- ☐ a) vrai
- ☐ b) faux

5. À quel endroit de la chapelle Sixtine se situe *La Création d'Adam*, où Dieu touche du doigt le premier homme ?

- ☐ a) derrière l'autel
- ☐ b) face à l'autel
- ☐ c) au plafond

6. Qui est l'auteur du triptyque *Le Jardin des délices* ?

- ☐ a) Jérôme Bosch
- ☐ b) Pieter Bruegel l'Ancien
- ☐ c) Rogier Van der Weyden

7. Lequel de ces artistes n'était pas contemporain des autres ?

- ☐ a) Michel-Ange
- ☐ b) Le Caravage
- ☐ c) Léonard de Vinci

8. De quelle période historique les artistes de la Renaissance se sont-ils inspirés ?

- ☐ a) la Préhistoire
- ☐ b) l'Antiquité gréco-romaine
- ☐ c) le Moyen Âge

9. Lequel de ces châteaux français, tel qu'on peut le voir aujourd'hui, n'a pas été en grande partie inspiré par la Renaissance ?

- ☐ a) Chenonceau
- ☐ b) Fontainebleau
- ☐ c) Vaux-le-Vicomte

10. Quel personnage est représenté sur ce tableau de Léonard de Vinci ?

- ☐ a) Bacchus
- ☐ b) Saint Jean-Baptiste
- ☐ c) Léonard de Vinci lui-même

11. **Durant la Renaissance, les artistes femmes pouvaient entrer aux académies de peinture.**

- ☐ **a)** vrai
- ☐ **b)** faux

12. **En quelle année *La Joconde* a-t-elle été achevée ?**

- ☐ **a)** 1456
- ☐ **b)** 1486
- ☐ **c)** 1516

13. **En quoi consistait le maniérisme dans la sculpture de la Renaissance ?**

- ☐ **a)** à représenter des dieux et déesses antiques
- ☐ **b)** à sculpter dans un seul bloc de marbre
- ☐ **c)** à créer du mouvement

14. **Quel est l'autre roi de France emblématique de la Renaissance avec François Ier ?**

- ☐ **a)** Louis XII
- ☐ **b)** Henri II
- ☐ **c)** François II

15. **Quelle est la particularité de ce tableau de *Judith décapitant Holofernes* ?**

- ☐ **a)** Il est le premier tableau de l'histoire à représenter un meurtre.
- ☐ **b)** Il a été peint par une femme.
- ☐ **c)** Il a été peint à quatre mains.

16. **De quelle manière Hans Memling a-t-il révolutionné l'art du portrait ?**

- ☐ **a)** En ne peignant que des nus.
- ☐ **b)** En ajoutant une touche de rouge dans chaque tableau.
- ☐ **c)** En ajoutant un paysage en arrière-plan.

17. **À quelle école artistique appartiennent Titien, Le Tintoret ou encore Véronèse ?**

- ☐ **a)** à l'école vénitienne
- ☐ **b)** à l'école napolitaine
- ☐ **c)** à l'école florentine

18. **Pour quelle raison l'artiste Catharina van Hemessen est-elle connue ?**

- ☐ **a)** C'est la première peintre à avoir réalisé un autoportrait en figurant son chevalet.
- ☐ **b)** C'est la première femme à signer ses œuvres.
- ☐ **c)** C'est la première artiste des Pays-Bas à s'être fait connaître à l'étranger.

19. **Dans quel art la Renaissance artistique est-elle apparue en premier ?**

- ☐ **a)** l'art pictural
- ☐ **b)** la sculpture
- ☐ **c)** l'architecture

20. **À quel artiste doit-on le plus célèbre portrait de François Ier ?**

- ☐ **a)** Jean Clouet
- ☐ **b)** Léonard de Vinci
- ☐ **c)** Joos Van Cleve

6

Avant de vous laisser poursuivre votre visite, le directeur qui accueille l'exposition vous demande de lui donner le genre du prochain tableau, *La Jeune Fille à la perle* de Johannes Vermeer. Vous avez un doute...

À QUEL GENRE APPARTIENT *LA JEUNE FILLE À LA PERLE* DE VERMEER ?

1 CLAIR-OBSCUR

L'œuvre de Vermeer utilise le principe du clair-obscur. Le visage de la jeune fille est empli de lumière tandis que le fond reste très sombre, pour que le sujet ressorte mieux.

Repérez le seul zoom qui ne correspond pas au modèle.

INDICE 1

Récupérez la lettre en question. ☐

2 LA PALETTE DE VERMEER

L'artiste a utilisé une palette de couleurs qu'il apprécie : notamment le bleu outremer et le jaune citron, qu'on peut aussi retrouver dans son tableau *La Laitière*.

Faites les bons mélanges de couleurs en déterminant le seul pigment qui manque sur le plateau gauche de la dernière balance afin de l'équilibrer.

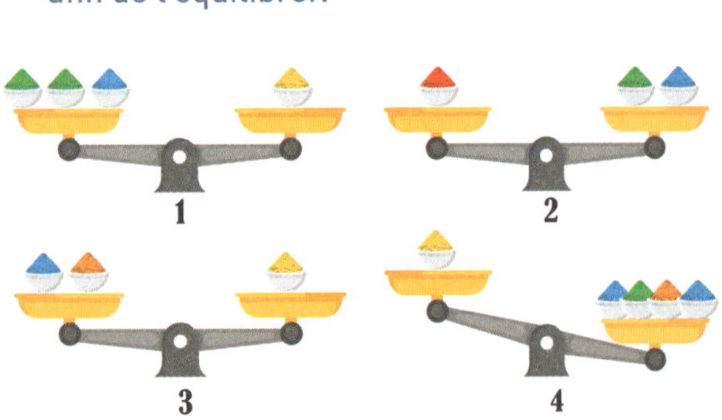

INDICE 2

Notez l'initiale de la couleur que vous avez ajoutée. ☐

3 LES PERLES DE VERMEER

On retrouve souvent une ou plusieurs perles dans les œuvres de Vermeer. Très en vogue à l'époque, elles coûtent cher et sont ainsi un symbole de richesse et de vanité.

Tracez un collier, en une seule boucle continue, qui passe par la plupart des perles. Un chiffre indique le nombre de traits qui l'entourent.

INDICE 3

Récupérez dans l'ordre alphabétique les lettres par lesquelles le chemin ne passe pas. ☐ et ☐

4 LA JOCONDE DU NORD

Le sujet de l'œuvre, le fait que la jeune fille regarde le spectateur et son air mystérieux rappellent la célèbre toile de Léonard de Vinci. Vous pensez à d'autres portraits féminins de premier ordre...

Faites appel à vos connaissances et à ces indications pour remplir la grille. Dessinez un rond à l'intersection de deux éléments qui sont liés et une croix lorsqu'ils ne le sont pas.

Le tableau de Klimt est plus ancien que celui de Kahlo mais plus récent que Nana.

Picasso n'a pas peint le tableau le plus large, qui n'est pas l'autoportrait de Kahlo.

Jeanne H. assise est plus large que celui peint par Picasso en 1937, mais moins large que celui de 1926.

Le tableau le plus vieux mesure plus d'un mètre de large. Il n'est pas de Modigliani, qui a peint le sien en 1918.

Le Portrait d'Adele B.-B. de Klimt est l'un des deux tableaux les plus larges avec celui de 1926.

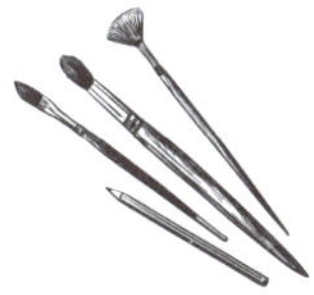

		Artiste					Année					Largeur				
		Frida Kahlo	Gustav Klimt	Édouard Manet	Amedeo Modigliani	Pablo Picasso	1877	1907	1918	1926	1937	65 cm	92 cm	116 cm	125 cm	138 cm
Œuvres	*Nana*															
	Portrait d'Adele Bloch-Bauer I															
	Portrait de Dora Maar															
	Jeanne Hébuterne assise															
	Autoportrait à la robe de velours															
Largeur	65 cm															
	92 cm															
	116 cm															
	125 cm															
	138 cm															
Année	1877															
	1907															
	1918															
	1926															
	1937															

INDICE 4

Récupérez la lettre qui apparaît dans la case colorée.

5 RÉSOLUTION DE L'ENQUÊTE

Remettez les lettres obtenues dans l'ordre pour découvrir un mot.

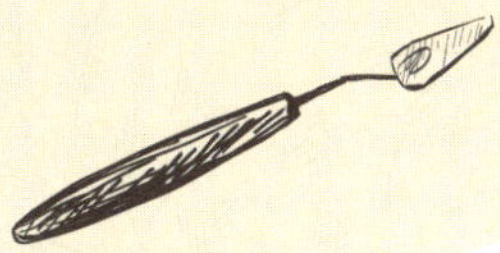

INDICE 1 ◯

INDICE 2 ◯

INDICE 3 ◯

◯

INDICE 4 ◯

Le tableau est une

◯◯◯◯◯E

La Jeune Fille à la perle
Johannes Vermeer

SI VOUS AVEZ RÉUSSI, POURSUIVEZ VOTRE VISITE DU MUSÉE !

7

Vous quittez la salle dédiée à la Renaissance pour rejoindre l'immense tableau du *Radeau de La Méduse*. Quelque chose cloche : il a été recouvert d'un rideau noir.

POURQUOI LE RADEAU DE LA MÉDUSE A-T-IL ÉTÉ MASQUÉ ?

1 DES NAUFRAGÉS

La personne qui a accroché ce rideau l'a fait avec soin : il ne touche ni la toile ni le cadre. Des radeaux ont été dessinés sur le tissu.

Décodez le message qui se cache derrière ces radeaux à l'aide de la grille.

	A	D	É	G
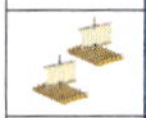	I	L	M	N
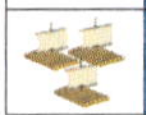	O	R	S	T

INDICE 1

Quel mot devez-vous retenir ?

_ _ _ _ _ _ _ _ _ _ _ _

2 UN ÉVÉNEMENT TRAGIQUE

Au pied du tableau, un article de presse relate l'histoire du vrai radeau qui a transporté une partie des survivants de *La Méduse*, une frégate qui s'est échouée en 1816, trois ans avant l'achèvement de l'œuvre.

Cochez les bonnes réponses.

1. Avant de faire naufrage, *La Méduse* se dirigeait vers le Sénégal. ○ VRAI ○ FAUX
2. La frégate voyageait seule. ○ VRAI ○ FAUX
3. La frégate s'est échouée sur des rochers. ○ VRAI ○ FAUX
4. Le radeau fabriqué par les marins a été surnommé « la machine ». ○ VRAI ○ FAUX
5. Il restait moins de cinq survivants lorsque le radeau a été retrouvé. ○ VRAI ○ FAUX

INDICE 2

Récupérez les lettres rouges des cases cochées et modifiez-les si besoin en vous aidant de leur rang dans l'alphabet.

1 +1	2	3 +3	4 -4	5 -1

3 UN ARTISTE FASCINÉ

Vous vous rappelez que pour produire ce chef-d'œuvre, Géricault a fait énormément de recherches.

Remettez les phrases dans l'ordre.

A. rencontré L'artiste a survivants cette de deux catastrophe.

....

....

B. représenter. Géricault a des bien cadavres pour les observé

....

....

C. histoire. événements Il de différents a cette des des croquis fait

....

....

INDICE 3

Complétez le tableau pour obtenir une nouvelle indication.

B mot 7 lettre 1	A mot 6 lettre 5	A mot 8 lettre 3	C mot 5 lettre 5	C mot 8 lettre 6	B mot 4 lettre 2

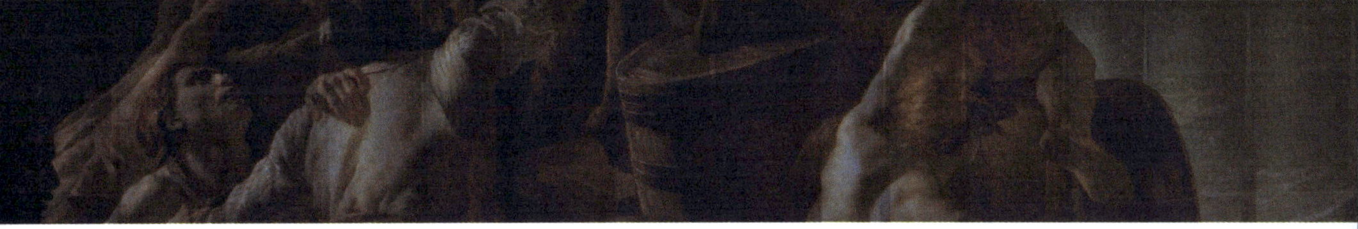

4 LE TABLEAU LIBÉRÉ

Deux techniciens retirent le rideau et vous pouvez admirer l'œuvre, qui n'a pas été abîmée.

Observez-la et repérez les lettres cachées.

INDICE 4

Lisez une lettre sur deux pour faire apparaître un mot.

__ __ __ __ __ __ __

5 TOUT BLANC OU TOUT NOIR

Enfin, sur le banc qui fait face au tableau, vous trouvez une grille de ronds blancs et noirs, accompagnées de deux mots.

Complétez cette grille de sorte qu'il y ait autant de ronds blancs que de ronds noirs sur chaque ligne et chaque colonne. Il ne peut pas y avoir plus de deux mêmes ronds côte à côte ou l'un au-dessus de l'autre.

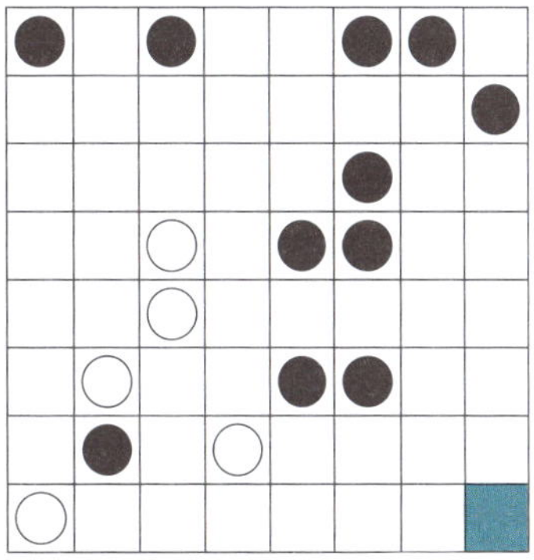

● PARTICIPE
○ RALENTIT

INDICE 5

Quel mot est lié à la case bleue ?

....

6 RÉSOLUTION DE L'ENQUÊTE

Utilisez les mots obtenus pour compléter cette phrase et comprendre pourquoi le tableau a-t-il été recouvert d'un rideau.

Le ____________
de ____________,
un ____________ *noir,*
____
à la ____________
de l'œuvre.

Étude du modèle Joseph
Théodore Géricault

SI VOUS AVEZ RÉUSSI, POURSUIVEZ VOTRE VISITE DU MUSÉE !

8 POURQUOI LA GRANDE VAGUE D'HOKUSAI EST-ELLE ACCROCHÉE À LA VERTICALE ?

Vous poursuivez votre visite jusqu'à une série d'estampes.
La plus centrale est évidemment *La Grande Vague* d'Hokusai, mais elle a été accrochée à la verticale.
Une simple erreur ? Ou est-ce encore un message ?

1 DE MULTIPLES VISAGES

À sa mort, en 1849, Hokusai a laissé des dizaines de milliers d'œuvres derrière lui. Votre exposition présente plusieurs de ses estampes, qui ont pour particularité de contenir du bleu de Prusse.

Décodez ce message.

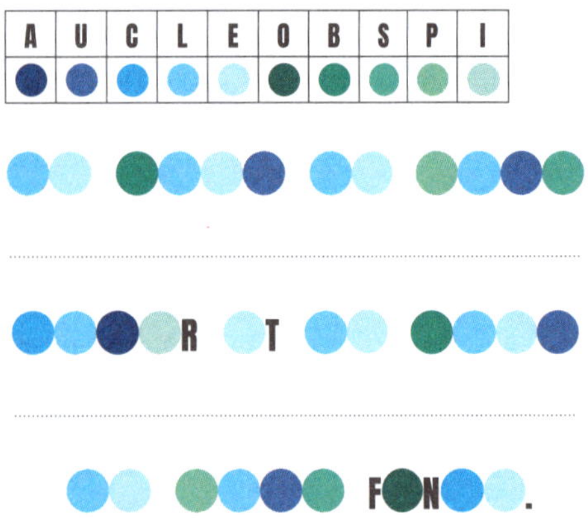

INDICE 1

Quelles sont les deux lettres que vous devez garder ? ☐ et ☐

2 UNE PÉRIODE SINGULIÈRE

Vous trouvez aussi une série de dessins qui vous rappelle l'époque Edo au Japon. Celle-ci a été marquée par la fermeture du pays aux influences étrangères, mais aussi par les œuvres d'Hokusai.

Devinez comment ranger ces objets pour écrire une lettre et deux mots.

AIDE N°14

INDICE 2

À quelles lettres correspondent ces mots ? ☐ et ☐

3 DE PETITS NOMS

AIDE N°15

Au cours de sa vie, Hokusai a utilisé plus d'une centaine de noms d'artistes. Pour ses « Trente-six vues du mont Fuji », il a utilisé le nom Iitsu. C'est sous ce dernier que vous trouvez un nouvel indice.

Dessinez une vague dans une seule case de chaque ligne, chaque colonne et chaque bloc de couleur. Deux vagues ne peuvent pas se toucher, même en diagonale.

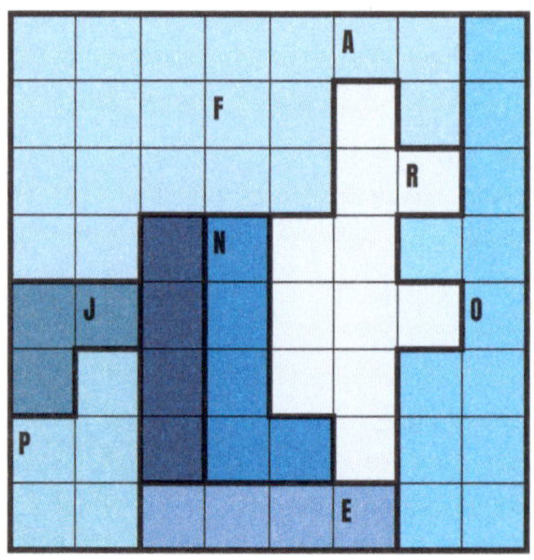

INDICE 3

Récupérez les deux lettres où se trouvent des vagues. ☐ et ☐

4 LA MONTAGNE

Vous décrochez l'estampe pour la remettre à l'endroit. Derrière le mont Fuji, qui apparaît dans toutes les œuvres de la série, sous le cadre, des nombres ont été dessinés.

Formez des trios de carrés de sorte que l'addition de deux d'entre eux soit égale au troisième. Chaque carré sert une fois.

7	11	13
5	16	8
18	10	9
8	7	17
10	9	20

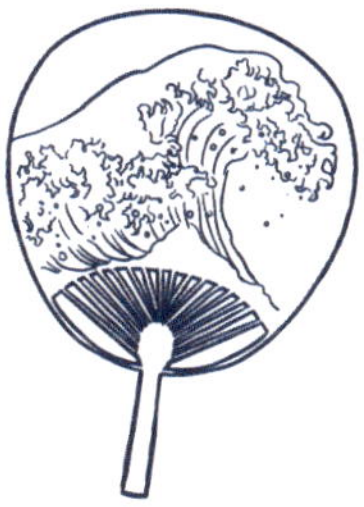

INDICE 4

Additionnez les nombres les plus faibles de chaque addition, puis les plus forts pour obtenir deux nouveaux nombres. Divisez-les par quatre puis transformez-les en lettres.

☐ et ☐

5 AU SEIN MÊME DE L'ŒUVRE

Vous vous décidez enfin à remettre *La Grande Vague* à l'horizontale et prenez le temps de l'admirer.

Aidez-vous des indications pour créer un chemin dans la grille et rejoindre une case.

- 6→2↓1←5↓4→5↑1←4↓6←2↓4→×

INDICE 5

Remplacez le chiffre par la lettre qui lui correspond dans l'alphabet pour obtenir deux lettres à partir des coordonnées de la case d'arrivée.

☐ et ☐

6 RÉSOLUTION DE L'ENQUÊTE

Disposez les dominos manquants dans le bon ordre pour compléter la fin de la phrase et découvrir pourquoi le tableau a été accroché à la verticale.

INDICE 1	INDICE 2	INDICE 3	INDICE 4	INDICE 5
...	...	...	...	...
...	...	...	...	...

Pour mieux

V	O	...	...	L	...	...	...	N
E	T	...	...	Y	...	...	...	.

Les Champs du hameau d'Umezawa dans la province de Sagami, Hokuzai

SI VOUS AVEZ RÉUSSI, POURSUIVEZ VOTRE VISITE DU MUSÉE !

9

Vos vérifications se poursuivent près du tableau de *La Liberté guidant le peuple*, d'Eugène Delacroix. Ouf ! Cette fois tout va bien sur l'œuvre en elle-même, mais il manque tout de même quelque chose : le panneau explicatif.

QUE SAVEZ-VOUS SUR *LA LIBERTÉ GUIDANT LE PEUPLE* DE DELACROIX ?

1 TOUT BIEN CALCULÉ…

Il n'y a pas de temps à perdre, vous devez rassembler toutes les informations pour que le panneau puisse être imprimé à temps. Il faut vous renseigner sur l'artiste.

Complétez ce carré magique de sorte que chaque ligne, chaque colonne et chaque diagonale soit égale à 111. Les nombres colorés vous donneront les dates de naissance et de mort d'Eugène Delacroix.

28	4		31		10
		21		11	
7	23	12		22	
	13		19	16	29
5		15		25	32
27	33	34			

1	2	3	~~4~~	~~5~~	6
~~7~~	8	9	~~10~~	~~11~~	~~12~~
~~13~~	14	~~15~~	~~16~~	17	18
~~19~~	20	~~21~~	~~22~~	~~23~~	24
~~25~~	26	~~27~~	~~28~~	~~29~~	30
~~31~~	~~32~~	~~33~~	~~34~~	35	36

INDICE 1

Aidez-vous de ces indications pour changer les nombres en lettres et obtenir un mot.

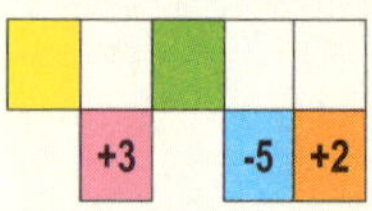

2 LES MOTS DE L'HISTOIRE

Vous vous intéressez au contexte historique.

Complétez cette grille de mots croisés.

Verticale

1. Le retour sur le trône d'un roi.
2. Pointe accrochée au bout d'un fusil.
3. Adjectif donné aux trois journées de révolte qui ont suivi les ordonnances du roi du 25 juillet 1830.
4. Ce tableau en est devenu le symbole à la fin du XIXe siècle.
5. Elle représente la République, et ici la liberté.

Horizontale

1. Régime politique qui ne plaît pas aux Républicains.
2. Roi ayant abdiqué à la suite de cette révolution de 1830.
3. Changement soudain de la structure politique d'un État.
4. L'œuvre s'intitulait initialement *Scènes de…*
5. Mouvement artistique de Delacroix.

INDICE 2

Rassemblez les lettres colorées pour écrire un mot.

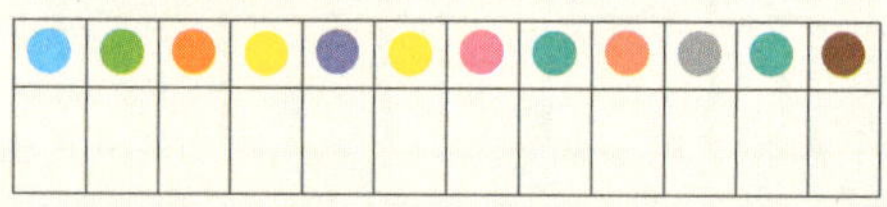

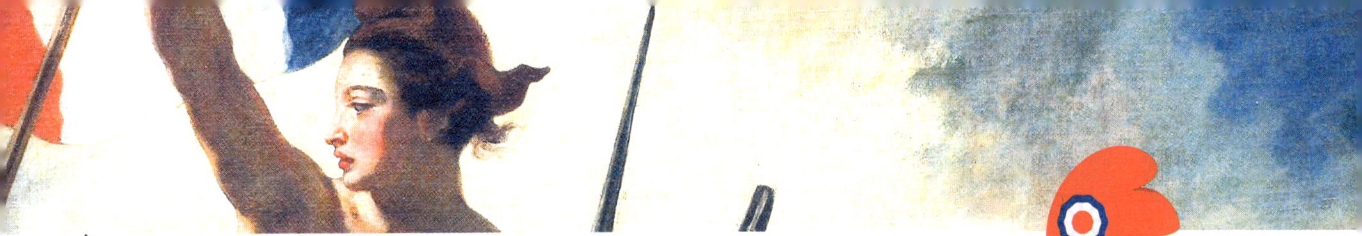

3 UNE QUESTION DE MÉMOIRE

Il ne vous reste plus qu'à expliquer tout ce que le spectateur pourra admirer sur le tableau. Pour cela, vous prenez le temps de bien l'observer.

Observez l'œuvre durant trente secondes, puis cachez-la et répondez aux questions.

1. Combien de soldats tombés au combat peut-on voir au premier plan ?

   _ _ _ _ _

2. Quel célèbre monument parisien peut-on apercevoir à l'arrière-plan ?

   _ _ _ _ _ _-_ _ _ _ _ _ _ _ _ _ _ _

3. Quel type d'armes peut-on distinguer à l'arrière-plan, dans la fumée blanche ?

   _ _ _ _ _ _ _ _ _ _ _ _ _ _ _ _

4. L'enfant qui a inspiré le Gavroche de Victor Hugo porte des chaussures. Vrai ou faux ?

   _ _ _ _

5. Quelle est la couleur de la ceinture de Marianne ?

   _ _ _ _ _

INDICES 3 ET 4

Remettez les lettres des cases colorées dans l'ordre pour écrire deux mots :

L_ _ _ _ _ _ et _ _ _ _ _ _ .

4 RÉSOLUTION DE L'ENQUÊTE

Retranscrivez vos indices dans cette grille pour faire apparaître une dernière information à la verticale.

INDICE 3

INDICE 4

INDICE 3

INDICE 1

INDICE 3

INDICE 2

C

INDICE 1

Liberté guidant le peule, étude
Eugène Delacroix

SI VOUS AVEZ RÉUSSI, POURSUIVEZ VOTRE VISITE DU MUSÉE !

10

Vous arrivez devant *La Petite Danseuse de quatorze ans* d'Edgar Degas. L'un des conservateurs vous interroge sur la vie de la jeune fille qui a servi de modèle à l'artiste. Effectivement, il vous semble important d'ajouter cette information.

QUI EST *LA PETITE DANSEUSE DE QUATORZE ANS* DE DEGAS ?

1 DEGAS ET LES DANSEUSES

À partir des années 1870, Degas se rend régulièrement à l'Opéra de Paris pour peindre les danseuses.

Reformez des paires de rondes qui contiennent exactement les mêmes symboles.

INDICE 1

Quelle est la seule ronde qui n'a pas de jumelle ?

2 LA PETITE DANSEUSE

Il existe près d'une trentaine de copies de cette sculpture, qui a été finalisée en 1880. L'originale est en cire tandis que les copies sont en bronze.

Trouvez la silhouette qui ne correspond pas parfaitement à la sculpture de Degas.

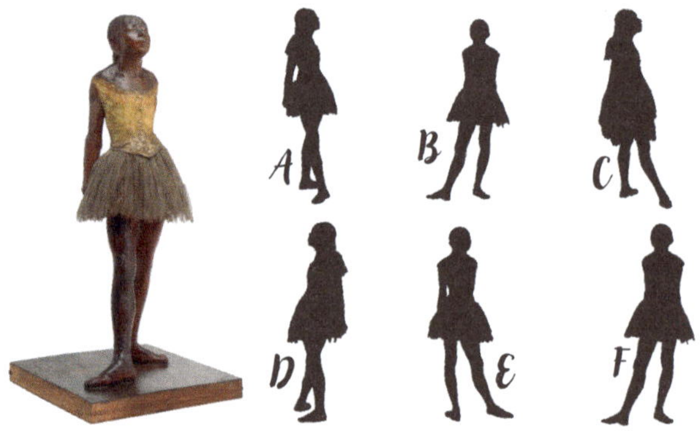

INDICE 2

Quelle lettre récupérez-vous ?

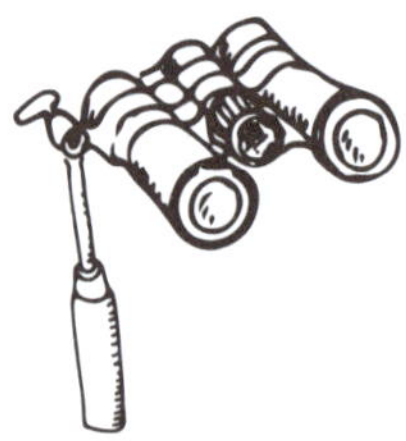

3 UNE ŒUVRE CACHÉE

AIDE N°18

***La Petite Danseuse de quatorze ans* n'a été exposée qu'une seule fois du vivant de Degas. Beaucoup ont jugé que la jeune fille avait une apparence physique perverse, vicieuse. L'artiste l'a par la suite gardée cachée dans son atelier jusqu'à sa mort.**

Placez les lettres de la liste dans la grille pour former quatre mots.

A • B • E • M • N • O • R • S • U

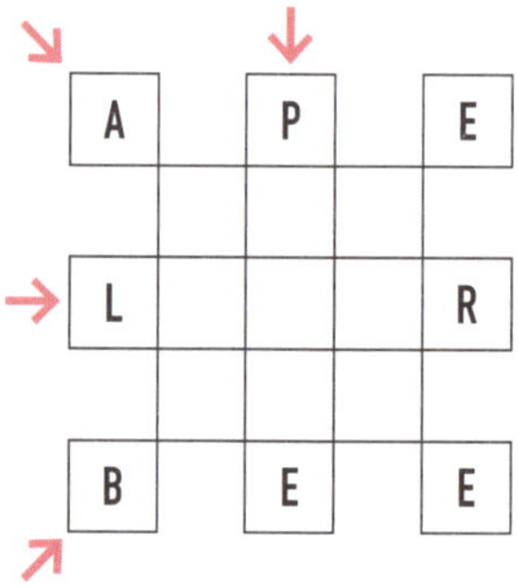

INDICE 3

Quelle est la lettre du milieu ?

4 TRISTE FIN

Vous vous souvenez qu'à la fin de sa vie, Degas a été atteint de demi-cécité. Il reste alors souvent enfermé dans son atelier.

Décodez ce message en braille en vous aidant de la grille de correspondances.

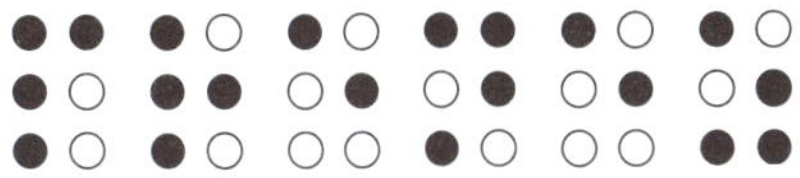

....

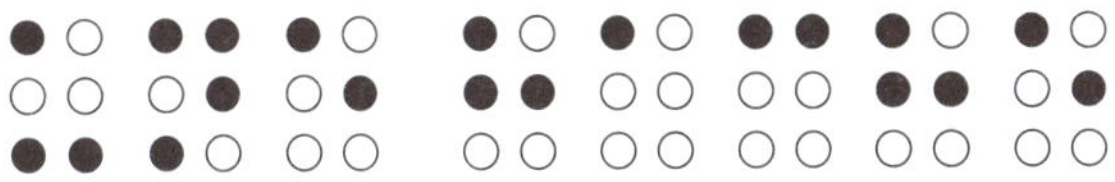

....

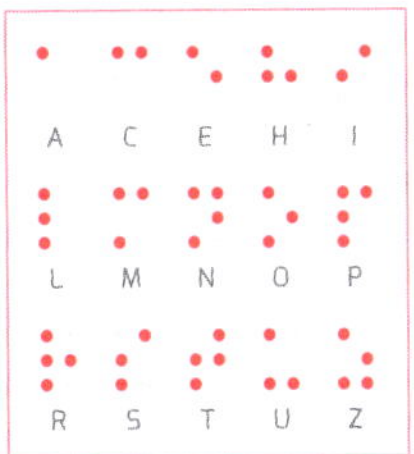

INDICE 4

Comment pourriez-vous transformer cette indication en lettre ? ☐

5 DE NOS JOURS

***La Petite Danseuse de quatorze ans* ne réapparaîtra au public qu'à partir des années 1920. L'originale est aujourd'hui conservée à la National Gallery of Art de Washington.**

Complétez cette grille de Sudoku pour découvrir, dans les cases roses, l'année depuis laquelle la sculpture est exposée à Washington.

1				5			2	8
2			1		7	6		
	4	7	6			1		
	3		(jaune)			5	4	
7					(rose)	(rose)		3
	6	1					7	
	(rose)	4			8	2	1	
		9	2		4			5
8	1			6	(rose)			7

INDICE 5

Remplacez le chiffre de la case jaune par la lettre qui lui correspond dans l'alphabet. ☐

6 RÉSOLUTION DE L'ENQUÊTE

Dans cette grille, barrez toutes les lettres obtenues pour lire une phrase.

G	U	M	N	C	H	U	A	C	N	G	H
H	U	N	C	G	R	I	U	N	E	G	C
U	C	H	E	G	N	U	H	G	C	U	S
T	É	H	N	C	U	H	L	È	H	G	C
H	N	G	U	N	V	G	H	U	N	C	E
C	C	D	H	U	N	C	G	E	H	B	N
G	C	U	N	A	L	H	C	G	L	U	H
E	H	N	C	U	H	G	T	N	H	C	U
G	N	C	À	H	G	L'	U	C	N	O	P
H	É	C	G	U	H	N	C	G	R	H	G
C	U	A	D	N	C	E	P	U	H	N	A
R	G	C	H	U	I	N	H	C	S	G	U

L'Étoile
Edgar Degas

SI VOUS AVEZ RÉUSSI, POURSUIVEZ VOTRE VISITE DU MUSÉE !

L'impressionnisme

1. **Quel impressionniste a peint *La Femme à l'ombrelle* ?**

- ☐ **a)** Auguste Renoir
- ☐ **b)** Camille Pissarro
- ☐ **c)** Claude Monet

2. **Qui parmi ces artistes n'est pas un peintre impressionniste français ?**

- ☐ **a)** Alfred Sisley
- ☐ **b)** Anna Boch
- ☐ **c)** Armand Guillaumin

3. **De quel artiste peut-on admirer les œuvres dans la Maison impressionniste d'Argenteuil ?**

- ☐ **a)** Claude Monet
- ☐ **b)** Édouard Manet
- ☐ **c)** Gustave Caillebotte

4. **Degas est le principal représentant de la sculpture impressionniste en Europe.**

- ☐ **a)** vrai
- ☐ **b)** faux

5. **Dans quelle ville ne peut-on pas visiter l'atelier d'un impressionniste ?**

- ☐ **a)** Aix-en-Provence
- ☐ **b)** Fréjus
- ☐ **c)** Cagnes-sur-Mer

6. **Qui est l'auteur de *La Classe de danse* ?**

- ☐ **a)** Edgar Degas
- ☐ **b)** Alfred Sisley
- ☐ **c)** Auguste Renoir

7. **Tous les impressionnistes étaient des contemporains.**

- ☐ **a)** vrai
- ☐ **b)** faux

8. **À quel mouvement artistique l'impressionnisme s'est-il opposé ?**

- ☐ **a)** l'art académique
- ☐ **b)** le romantisme
- ☐ **c)** le réalisme

9. **Quelle classe sociale est principalement représentée par les impressionnistes ?**

- ☐ **a)** la classe ouvrière
- ☐ **b)** la bourgeoisie
- ☐ **c)** la noblesse

10. **Quel est le nom de ce tableau de Berthe Morisot ?**

- ☐ **a)** *Une femme et son enfant*
- ☐ **b)** *Le Berceau*
- ☐ **c)** *Un doux sommeil*

11. **L'Académie des beaux-arts était autorisée aux femmes au XIXe siècle.**

- ☐ **a)** vrai
- ☐ **b)** faux

12. **Combien existe-t-il de peintures nommées *Les Nymphéas* de Monet ?**

- ☐ **a)** environ 50
- ☐ **b)** environ 150
- ☐ **c)** environ 250

13. **C'est un journaliste qui a donné le nom d'impressionnisme à ce mouvement artistique.**

- ☐ **a)** vrai
- ☐ **b)** faux

14. **De l'art de quel pays Mary Cassatt s'est-elle inspirée pour peindre une série d'œuvres, dont *La Toilette*, en 1891 ?**

- ☐ **a)** l'Italie
- ☐ **b)** les États-Unis
- ☐ **c)** le Japon

15. **Combien de personnages apparaissent dans le *Déjeuner sur l'herbe* de Manet ?**

- ☐ **a)** 2
- ☐ **b)** 3
- ☐ **c)** 4

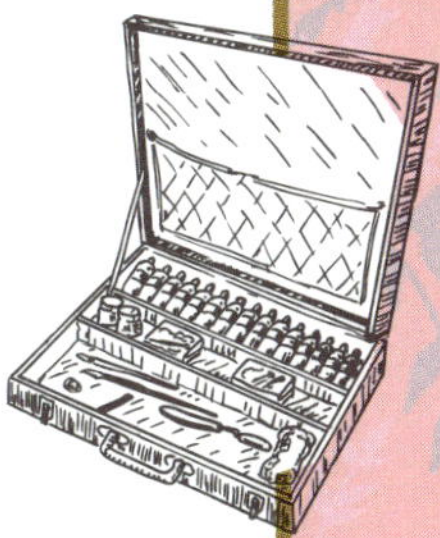

16. **Quel est l'élément le plus important pour les impressionnistes ?**

- ☐ **a)** la lumière
- ☐ **b)** les contours
- ☐ **c)** le mouvement

17. **Quelle artiste a participé au fondement des « Artistes Anonymes Associés », dont faisaient aussi partie Monet, Renoir, Sisley, Pissarro ou encore Degas ?**

- ☐ **a)** Mary Cassatt
- ☐ **b)** Marie Bracquemond
- ☐ **c)** Berthe Morisot

18. **Quel précurseur de l'impressionnisme, connu pour ses huiles, était surnommé « peintre de la lumière » ?**

- ☐ **a)** J.M.W. Turner
- ☐ **b)** Édouard Manet
- ☐ **c)** Émile Claus

19. **De quel pays d'Europe les impressionnistes Isaac Israëls et George Hendrik Breitner sont-ils les principaux représentants ?**

- ☐ **a)** la Belgique
- ☐ **b)** l'Allemagne
- ☐ **c)** les Pays-Bas

20. **Quel artiste a été qualifié en premier de postimpressionniste ?**

- ☐ **a)** Vincent Van Gogh
- ☐ **b)** Paul Cézanne
- ☐ **c)** Paul Gauguin

11 QUEL ÉTAIT LE NOM ORIGINAL DU *BAISER* DE RODIN ?

Vous poursuivez jusqu'à une nouvelle salle au centre de laquelle trône *Le Baiser* de Rodin. Un carton a été accroché autour du cou de l'homme, sur lequel vous pouvez lire : « Ce n'est pas le vrai titre ! »

1 UN MESSAGE CODÉ

Vous vous rappelez que l'œuvre n'avait pas ce titre à l'origine, mais son premier nom vous échappe. Vous trouvez un message.

Aidez-vous du tableau pour le déchiffrer.

A ●▬ E ● I ●● L ●▬●●
M ▬▬ R ●▬● S ●●● T ▬
U ●●▬

●▬●● ● Q●●▬ ●▬ ▬ ●▬● ●● ● ▬▬ ●

....

● ●●● ▬ ●▬●● ●● ●

....

●▬ ●▬●● ●▬ ●▬● ●●▬ ●●● ●●● ●● ●

....

INDICE 1

L'image liée à la ....
sera à la 4e position dans le rébus final.

☐

2 UN AMOUR INTERDIT

AIDE N°19

Les amants du *Baiser* représentent deux personnages de *La Divine Comédie* de Dante.

Tracez des chemins pour relier tous les livres. Les chemins ne peuvent pas se croiser ni aller en diagonale, et chaque chiffre indique le nombre de chemins qui le touchent. Il peut y avoir jusqu'à deux traits côte à côte, mais pas plus.

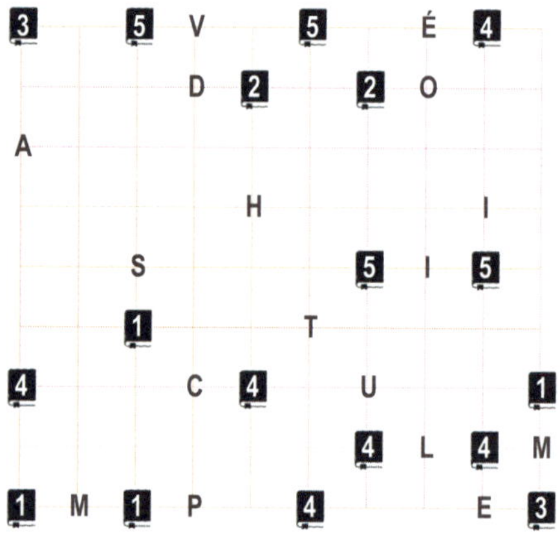

INDICE 2

Récupérez les lettres où passent deux lignes côte à côte pour écrire un mot.

L'image du ....
sera à la dernière place du rébus.

3 DANS TOUTES LES MATIÈRES

Auguste Rodin a parfois créé plusieurs versions de ses œuvres, dans des matières différentes. C'est le cas du *Baiser*, qui existe notamment en marbre, en plâtre, en terre ou encore en bronze.

Identifiez la seule sculpture qui n'apparaît pas quatre fois.

INDICE 3

Combien de fois apparaît la sculpture intruse ? Il s'agit de la position de la lettre dans le rébus.

☐

4 LES LIMITES D'UN ARTISTE

Le Baiser a été commandé par le gouvernement, qui le souhaitait en marbre. Auguste Rodin étant incapable de sculpter cette matière, il a commandé sa réalisation à un autre sculpteur, Jean Turcan, en utilisant un modèle en terre.

Quel nombre complète cette suite logique ?

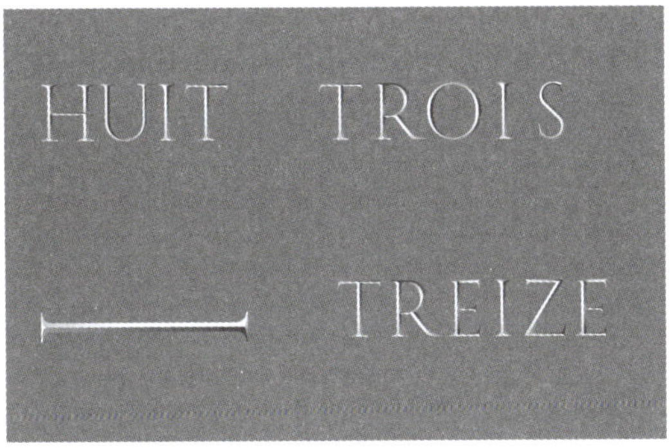

INDICE 4

Quel est le nombre manquant ? ☐

Retirez 2 à ce nombre pour trouver la position de l'aliment dans le rébus final.

5 UNE SCULPTURE PARMI D'AUTRES

Le Baiser est exposé pour la première fois au Salon de Paris en 1898. Il est alors au milieu de nombreuses autres œuvres.

Complétez cette grille de Sudoku en dessinant les symboles ou leurs couleurs dans chaque case, de sorte que chacun apparaisse une fois par ligne, par colonne et par carré de neuf cases.

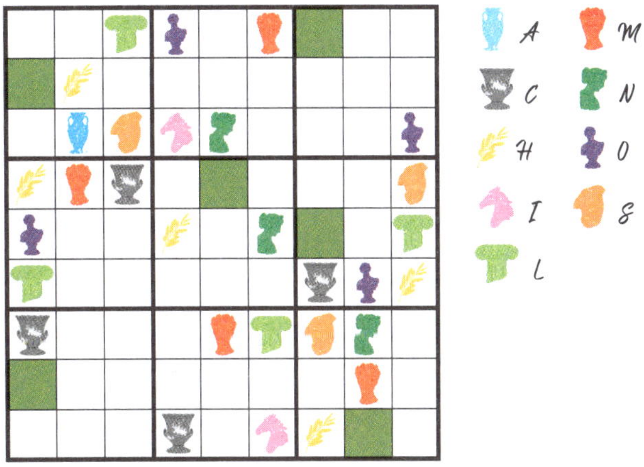

INDICE 5

Remplacez chaque image par la lettre qui lui correspond pour former un mot : ....

Ce dessin sera en deuxième position dans le rébus.

6 RÉSOLUTION DE L'ENQUÊTE

Remettez les images du rébus dans l'ordre indiqué pour retrouver le titre original de l'œuvre.

Le titre original était :

....

....

SI VOUS AVEZ RÉUSSI, POURSUIVEZ VOTRE VISITE DU MUSÉE !

12 QUI A COPIÉ LA NUIT ÉTOILÉE DE VAN GOGH ?

Vous voilà désormais face à plusieurs œuvres de Vincent Van Gogh. Vous ne mettez pas longtemps à comprendre que l'un d'eux, *La Nuit étoilée*, a été remplacé par une copie. La gardienne chargée de surveiller cette salle vous dit qu'elle a croisé six personnes. Le coupable doit se trouver parmi elles !

1 DE FAUX NOMS

AIDE N°21

Vous remarquez que les noms indiqués sous les tableaux de Van Gogh ne sont pas les bons. Ils cachent peut-être un indice sur l'identité du ou de la coupable.

Remplacez ces titres par les vrais titres des œuvres de Van Gogh.

1. Pot d'une douzaine de fleurs jaunes

□□□□ □□□□ □□□□□ □□□□□□□□□□□

2. Culture de céréales avec conifères

□□□□□ □□ □□□ □□□□ □□□□□□

3. Extérieur du bistrot en fin de journée

□□□□□□□□ □□ □□□□ □□ □□□□

INDICE 1

Récupérez les lettres des cases colorées pour écrire un mot.

□□□□□□□□Q□□

2 UNE NUIT MOUVEMENTÉE

Vous vous intéressez maintenant à la copie du tableau. *La Nuit étoilée* a été peinte en 1889, alors que Vincent Van Gogh séjournait à l'asile de Saint-Rémy-de-Provence.

Reliez les pièces manquantes à ce puzzle.

INDICE 2

Quelle est la deuxième lettre de l'avant-dernier mot que vous avez trouvé ? □

3 DEUX MENTEURS

AIDE N°22

Sur le sol, vous trouvez un papier qui représente un dialogue entre trois peintres.

L'un ne dit que des mensonges, un autre ne dit que la vérité, et le dernier dit toujours la vérité après avoir menti. Quel artiste devez-vous croire entièrement ?

Van Gogh
Gauguin ne fait que mentir, ne le croyez pas. Le mot que vous cherchez est « italienne ».

Gauguin
Le mot que vous cherchez n'est pas « française », mais je suis d'accord avec l'un des deux peintres.

Cézanne
Van Gogh est un sale menteur ! C'est le mot « française » qu'il vous faut.

INDICE 3

Quel mot devez-vous retenir ?

____

4 UN FÉRU D'ASTRONOMIE ?

Lorsqu'il a peint sa nuit étoilée, Van Gogh a représenté avec attention les étoiles qu'il voyait cette nuit-là. L'étoile du berger, en bas, est d'ailleurs plus brillante que les autres.

Reliez chaque corps céleste à son jumeau en passant par le nombre de cases indiqué (cases avec images incluses). Vous ne pouvez pas aller en diagonale, deux chemins ne peuvent pas se croiser, et à la fin toutes les cases doivent être traversées.

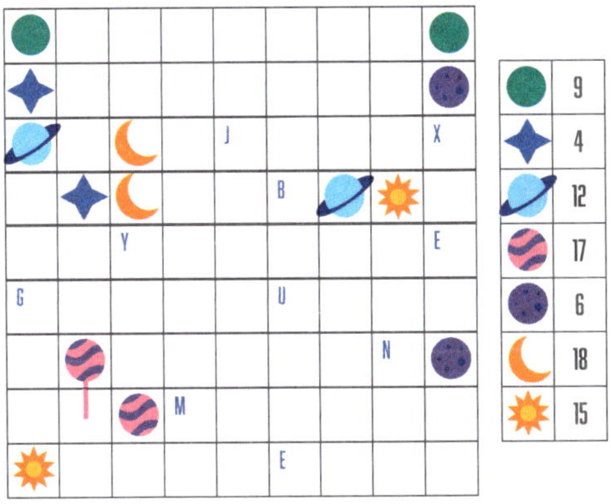

INDICE 4

Ne gardez qu'une lettre par couleur pour écrire un mot.

_ _ _ _ _

5 SÉRIE DE CYPRÈS

***La Nuit étoilée* fait partie d'une série de toiles représentant des cyprès. Selon certains spécialistes, le cyprès symboliserait ici le passage entre la vie (la terre) et la mort (le ciel).**

Faites preuve de logique pour trouver le nombre qui correspond au point d'interrogation.

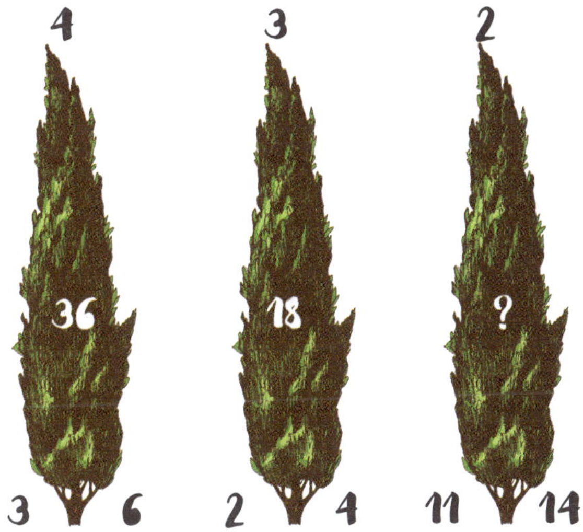

INDICE 5

Quel nombre avez-vous trouvé ? ☐

6 RÉSOLUTION DE L'ENQUÊTE

Transcrivez vos indices, puis procédez par élimination pour ne garder qu'une seule personne et trouver l'identité du copieur.

1. Le ou la coupable travaille uniquement dans le secteur ______
2. Il ou elle a un ____ dans son prénom.
3. Il ou elle est de nationalité ______
4. Ce n'est pas le ou la plus ______
5. Il ou elle a moins de ____ ans.

Justine
26 ans
Électricienne

Olga
45 ans
Journaliste

Ali
53 ans
Critique

Federico
41 ans
Photographe

Louis
22 ans
Étudiant

Anaïs
32 ans
Artiste

La Nuit étoilée
Vincent Van Gogh

SI VOUS AVEZ RÉUSSI, POURSUIVEZ VOTRE VISITE DU MUSÉE !

13

QUELLES COULEURS UTILISE MUNCH POUR FAIRE PASSER DES ÉMOTIONS DANS *LE CRI* ?

Alors que vous poursuivez dans le couloir réservé aux expressionnistes, vous constatez qu'il manque un éclairage au-dessus du *Cri* d'Edvard Munch. Pour mettre en avant les couleurs de l'artiste, il vous faut choisir la bonne lumière.

1 UNE SÉRIE DE CRIS

Il existe plusieurs versions du *Cri* de Munch. Vous observez celle réalisée au pastel sur un support en carton. Un détail attire votre attention.

Repérez l'élément qui a été ajouté.

INDICE 1

De quelle couleur est le détail que vous avez repéré ?

____

2 LE TEMPS QUI PASSE

Le temps est un thème cher à Munch, qui a beaucoup représenté la mort, mais aussi la maladie et la tristesse dans ses œuvres. Sa vie a été marquée par la maladie : la sienne et celle de ses proches.

Remettez ces quatre horloges dans l'ordre pour qu'elles se suivent logiquement.

INDICE 2

Quelle est la couleur de la première horloge ?

____

3 UN EXPRESSIONNISTE

Munch est avant tout un peintre des émotions, notamment de l'amour et de l'angoisse. Il a d'ailleurs dit qu'il voulait peindre « des êtres qui aiment, qui souffrent et qui vivent ».

Changez une seule lettre de chaque mot pour en écrire un autre en rapport avec Edvard Munch (vous pouvez aussi retirer ou ajouter des accents).

1. **ÉPONGER** (pays) : ....
2. **LAMBDA** (état physique) : ....
3. **CEINTURE** (discipline) : ....
4. **PÈLERIN** (fonction) : ....

INDICE 3

Écrivez les nouvelles lettres dans l'ordre pour former une couleur.

_ _ _ _

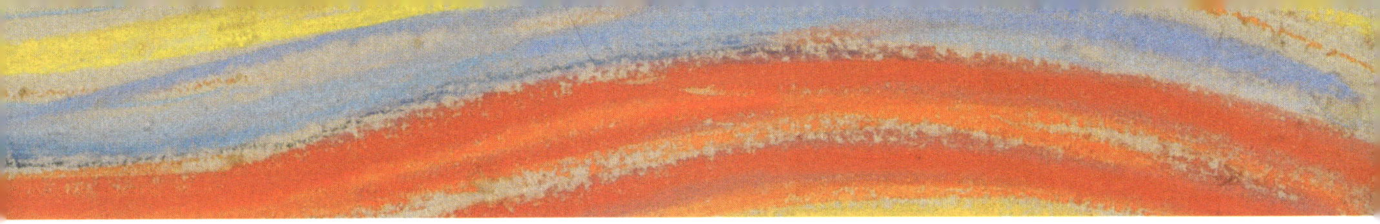

4 LES MÉANDRES DE L'ANGOISSE

À force de regarder le ciel tourbillonnant du peintre, vous n'avez plus les idées claires.

Rejoignez le centre de ce labyrinthe pour vous reconcentrer.

INDICE 4

Récupérez les lettres sur le chemin pour écrire un mot.

____

5 LA NATURE

Edvard Munch a souvent représenté la nature, notamment les paysages du bord du fjord d'Oslo. Ses œuvres ne sont donc pas des natures mortes, mais c'est pourtant avec des fruits que vous pourriez obtenir un nouvel indice.

Lisez ces mots et identifiez les deux lettres manquantes.

AIDE N°23

FRAISE	**DATTE**	**YUZU**
PAMPLEMOUSSE	**KIWI**	**KUMQUAT**
LITCHI	**NOIX**	**GOYAVE**

INDICE 5

Entourez la couleur qui commence par une de ces lettres.

VIOLET **JAUNE** **ROSE** **MARRON**

6 RÉSOLUTION DE L'ENQUÊTE

Complétez chaque ligne avec les couleurs que vous avez récoltées dans vos indices, puis trouvez le code couleur en vous aidant de la légende et des symboles.

Vous pourrez ainsi identifier les couleurs utilisées dans *Le Cri*.

● bien placé
○ mal placé
× pas dans le code

AIDE N°24

Le Cri
Edvard Munch

SI VOUS AVEZ RÉUSSI, POURSUIVEZ VOTRE VISITE DU MUSÉE !

14

Votre inspection se poursuit dans la salle consacrée à l'Art nouveau. Klimt y est mis à l'honneur avec *Les Trois Âges de la femme*. L'un des gardiens tient à ce que vous lui indiquiez l'âge de l'artiste quand il l'a peinte.

QUEL ÂGE AVAIT KLIMT LORSQU'IL A PEINT *LES TROIS ÂGES DE LA FEMME* ?

1 UNE BONNE MÉMOIRE ?

Le gardien ne semble pas vouloir vous laisser partir. Vous essayez de vous rafraîchir la mémoire... Plusieurs dates vous viennent à l'esprit, mais tout se mélange.

Barrez tous les nombres qui apparaissent en triple pour n'en garder que deux.

109 168 731 539 168 854 854 539 915 915 367 109 168 915 367 731 731 854 367 539

INDICE 1

Additionnez les deux nombres pour obtenir votre indice. ☐

2 LES FEMMES À L'HONNEUR

Pour vous aider, l'homme vous tend un livret avec plusieurs autres œuvres du peintre.

Repérez l'intruse parmi ces femmes peintes par Klimt.

1

2

3

4

5

6

INDICE 2

Multipliez le numéro de l'œuvre que vous avez sélectionnée par deux. ☐

3 DÉCODAGE

Un conservateur qui passait par là vous glisse un indice noté sur un papier.

Ne lisez pas toutes les lettres pour le décrypter.

Csegltuuiv qbuyei vboeuysi cvheeyricohnegze ecsqtt lueb pirpekmritesrc.

....

....

INDICE 3

Quel nombre obtenez-vous ? ☐

4 DE NOUVELLES RECHERCHES

Vous identifiez une époque, mais ce n'est pas assez précis pour le gardien. Vous tentez de retrouver plusieurs dates importantes.

Aidez-vous des chiffres noirs pour retrouver treize objets cachés : un chiffre indique le nombre d'objets présent dans les cases qui l'entourent (une case avec un chiffre noir ne peut contenir d'objet).

	6		1	*1*	1			
1	1						*5*	0
2		*9*		0				
2					*1*	1		*8*
	4	1		1	■	2	2	1
					0		3	
3			*7*	1		2	3	*9*
	2	*6*						
			1	*3*	2		1	*2*

AIDE N°26

INDICE 4

Récupérez dans l'ordre les chiffres verts des cases contenant un objet. _ _ _ _

5 UN SIÈCLE PASSÉ

Vous avez à présent toutes les clés en main pour retrouver de quelle année date le tableau.

Complétez cette pyramide, sachant que chaque case correspond à la somme des deux situées en dessous.

Année → [ ]

Année				
		556		
357				
292		101	146	

INDICE 5

Additionnez l'année obtenue avec 3 563 pour obtenir un nombre. [ ]

6 RÉSOLUTION DE L'ENQUÊTE

Complétez le tableau, puis devinez logiquement le nombre manquant. Il correspond à l'âge du peintre lorsqu'il a peint *Les Trois Âges de la femme*.

......	......	......	......	......	......
INDICE 3	INDICE 2	ÂGE DE KLIMT	INDICE 1	INDICE 4	INDICE 5

Les Trois Âges de la femme
Gustav Klimt

SI VOUS AVEZ RÉUSSI, POURSUIVEZ VOTRE VISITE DU MUSÉE !

15

Vous poursuivez votre chemin jusqu'à la salle consacrée aux impressionnistes, où plusieurs *Nymphéas* de Claude Monet sont présentés. Un conservateur vous aborde et déclare qu'il y a une erreur sur l'un des cartels, à propos du pays qui l'a prêté.

LEQUEL DES *NYMPHÉAS* DE MONET COMPORTE-T-IL UNE ERREUR ?

1 UN ARTISTE PROLIFIQUE

La série des *Nymphéas* représenterait environ 250 tableaux : 12 figurent dans votre exposition, chacun venu d'un pays différent. Le conservateur vous remet une grille.

Dans cette grille, placez les lettres **E, I, P, S** et **T** pour qu'il y en ait une de chaque par ligne et par colonne. Les flèches donnent des indices sur leur position dans l'alphabet. (E < (est avant) P et T > (est après) S).

□	>	■		□	>	P		□
■		□		□		S		■
□	<	□		□		□		□
						^		^
E		□		□		■		□
		v						
□	>	P	<	□		□	<	■

INDICE 1

Quel mot pouvez-vous former avec les lettres des cases jaunes ?

□□□□□

2 LE BASSIN DE NÉNUPHARS

Puis l'homme vous invite à observer l'un des tableaux, un indice pourrait s'y cacher.

Reliez les pièces à leur emplacement.

INDICE 2

Récupérez les lettres dans l'ordre pour écrire un mot.

_ _ _ _ _

3 UNE BALADE NORMANDE

L'homme vous pose soudain une étrange question.

Trouvez la réponse à cette devinette.

« À une heure de Giverny,
vous pouvez m'admirer à Dreux ou à Rouen.
De mon sommet, on peut surveiller la campagne.
Et sonner la grosse cloche en cas d'alarme.
Qui suis-je ? »

Je suis un _ _ _ _ _ _ _.

INDICE 3

Ne gardez que les trois dernières lettres de la réponse pour écrire un autre mot :

_ _ _

4 DE BELLES IMPRESSIONS

Le conservateur vous suggère de suivre un chemin précis entre les différents tableaux.

Complétez cet hexagone avec des nombres de 1 à 37 de sorte qu'ils forment un chemin continu (le 2 touche forcément le 1 et le 3). Une ligne rouge entre deux cases signifie qu'elles se suivent.

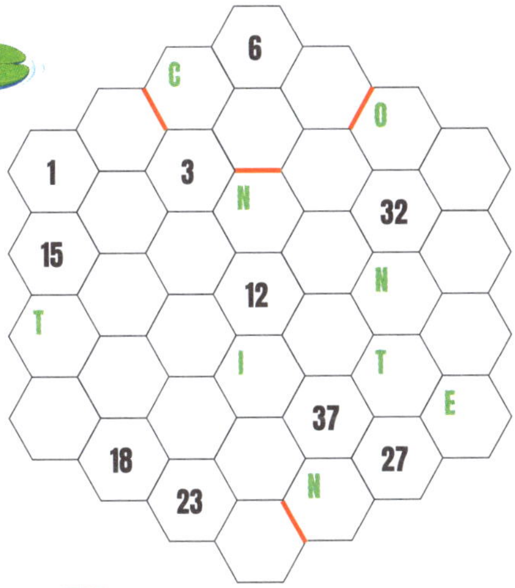

INDICE 4

Récupérez les lettres vertes dans l'ordre du chemin pour écrire un mot.

____

5 QUE LA LUMIÈRE SOIT !

Vous commencez à perdre patience, mais le conservateur vous rappelle que la lumière était au centre des œuvres impressionnistes, et que vous ferez bientôt toute la lumière sur cette affaire ! Puis il vous remet un message codé.

Décryptez-le grâce au tableau.

	1	2	3	4	5	6	7	8	9
1	A	B	C	D	E	F	G	H	I
2	J	K	L	M	N	O	P	Q	R
3	S	T	U	V	W	X	Y	Z	

AIDE N°28

L3C4 L2C6 L3C3 L3C1 L1C3 L1C8 L1C5 L2C9 L1C3 L1C8 L1C5 L3C8

....

L2C3 L1C1 L1C6 L2C9 L2C6 L2C5 L3C2 L1C9 L1C5 L2C9 L1C5.

....

INDICE 5

Quel mot pouvez-vous en tirer ?

____

6 RÉSOLUTION DE L'ENQUÊTE

Tous ces pays possèdent au moins un tableau des *Nymphéas*, sauf un, qui n'a donc pas pu en prêter pour l'exposition. Retrouvez-le en procédant par élimination grâce à vos indices.

Le pays en question est plus ________ INDICE 1 que la France.

Son drapeau contient du ________ INDICE 2

Ce n'est pas un pays gouverné par un ________ INDICE 3

Il est sur le même ________ INDICE 4 que la maison de Monet.

Le pays n'a pas de ________ INDICE 5 commune avec la France.

Le Bassin aux nymphéas
Claude Monet

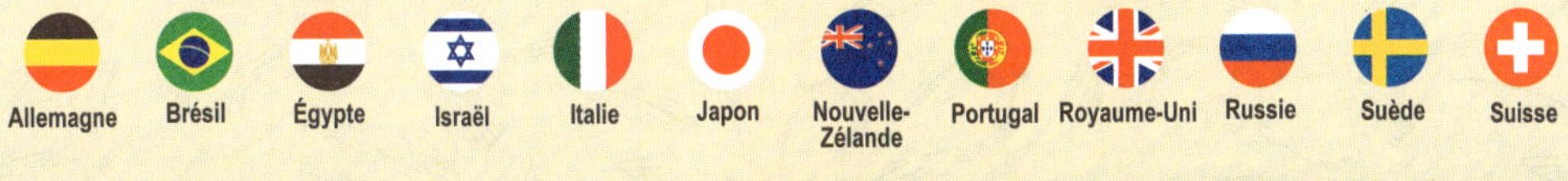

SI VOUS AVEZ RÉUSSI, POURSUIVEZ VOTRE VISITE DU MUSÉE !

L'art abstrait et le surréalisme

1. Quel artiste est considéré comme le fondateur de l'art abstrait ?

- ☐ **a)** Salvador Dali
- ☐ **b)** Arthur Dove
- ☐ **c)** Vassily Kandinsky

2. Quel mouvement artistique n'a pas été particulièrement précurseur de l'art abstrait ?

- ☐ **a)** le fauvisme
- ☐ **b)** le pointillisme
- ☐ **c)** le cubisme

3. Quelle était la nationalité d'Hilma af Klint, l'une des pionnières de l'art abstrait ?

- ☐ **a)** Allemande
- ☐ **b)** Suédoise
- ☐ **c)** Belge

4. L'art abstrait est apparu dans les années 1920.

- ☐ **a)** vrai
- ☐ **b)** faux

5. À quel artiste doit-on des compositions de figures géométriques le plus souvent rouges, bleues, jaunes ou noires ?

- ☐ **a)** Piet Mondrian
- ☐ **b)** Fernand Léger
- ☐ **c)** Francis Picabia

6. Qui est l'auteur du *Carré noir sur fond blanc* ?

- ☐ **a)** Kasimir Malevitch
- ☐ **b)** Michel Larionov
- ☐ **c)** František Kupka

7. À quelle artiste doit-on ce tableau, *The Ten Greatest, No. 2* ?

- ☐ **a)** Georgia O'Keeffe
- ☐ **b)** Agnès Martin
- ☐ **c)** Hilma af Klint

8. À quoi correspond la « peinture en champs de couleur » de Mark Rothko ?

- ☐ **a)** des peintures monochromes
- ☐ **b)** des aplats de couleurs
- ☐ **c)** des formes indécises qui rappellent des fleurs

9. **Quelle était la particularité de l'artiste Jackson Pollock ?**

- ☐ **a)** Il peignait avec les pieds.
- ☐ **b)** Il posait la toile sur le sol pour peindre.
- ☐ **c)** Il n'utilisait que deux couleurs par tableau.

10. **Lequel de ces trois tableaux est une œuvre d'Agnès Martin ?**

- ☐ **a)** *Red Canna*
- ☐ **b)** *Yellow-Red-Blue*
- ☐ **c)** *The Islands*

11. **Le peintre surréaliste René Magritte est français.**

- ☐ **a)** vrai
- ☐ **b)** faux

12. **Citez les sept disciplines artistiques dans lesquelles le surréalisme a pris place au XXe siècle.**

....

....

....

....

....

....

....

13. **Quelle œuvre de Max Ernst, peinte la même année que *Guernica*, fait aussi référence à la guerre civile en Espagne ?**

- ☐ **a)** *L'Ange du foyer*
- ☐ **b)** *Au premier mot limpide*
- ☐ **c)** *Peinture pour les jeunes*

14. **Quel est le nom du film surréaliste auquel Salvador Dali a participé ?**

....

15. **Qui est l'auteur du tableau surréaliste *Femme et Oiseaux dans la Nuit* ?**

- ☐ **a)** Pablo Picasso
- ☐ **b)** Joan Miró
- ☐ **c)** Salvador Dali

16. **Quelle œuvre n'est pas de René Magritte ?**

- ☐ **a)** *Rose méditative*
- ☐ **b)** *Les Amants*
- ☐ **c)** *Le Faux Miroir*

17. **Quel artiste a créé une œuvre appelée *Loup-Table*, à partir d'une table en bois et d'un renard mort ?**

- ☐ **a)** Yves Tanguy
- ☐ **b)** Victor Brauner
- ☐ **c)** Paul Delvaux

18. **Quel peintre de la Renaissance a pu être considéré comme un artiste surréaliste à titre posthume ?**

- ☐ **a)** Léonard de Vinci
- ☐ **b)** Jérôme Bosch
- ☐ **c)** Sandro Botticelli

19. **Quel thème est au cœur de la peinture surréaliste ?**

- ☐ **a)** la liberté
- ☐ **b)** la pensée
- ☐ **c)** le rêve

20. **Le tableau sur lequel est écrit « Ceci n'est pas une pipe » s'intitule différemment.**

- ☐ **a)** vrai
- ☐ **b)** faux

16

Vous arrivez dans la dernière partie de l'exposition, consacrée aux artistes du XXe et du XXIe siècle. Au pied du célèbre *Guernica*, vous trouvez un mystérieux mot disant que quelque chose cloche. Il est signé « l'un des personnages de l'œuvre ».

QUEL PERSONNAGE SOUHAITE S'EXPRIMER DANS *GUERNICA* DE PICASSO ?

1 DÉCRYPTAGE

AIDE N°29

Vous vous installez face à cette peinture à l'huile de 1937 et relisez le message, un premier indice devrait s'y trouver.

Deux mots se sont cachés dans ce message.

*Je vis dans ce tableau, mais j'ai bel
et bien un problème, car la
symbolique qu'on m'a donnée dans
le panneau explicatif n'est pas la bonne.
Retrouvez mon symbole, puis identifiez-moi
grâce à lui. Je vous guiderai, alors suivez
bien mes indications. Commencez par ici,
ce message cache un premier indice.
Vous deviendrez peut-être un enquêteur de renom.*

L'un des personnages de l'œuvre

INDICE 1

À quelle lettre le message caché correspond-il ? ☐

2 AU BOUT DU TUYAU

Au verso du message, vous découvrez une étrange grille munie de cette consigne.

« Pour que la réponse coule de source, changez le sens des tuyaux transparents afin que l'eau circule dans toutes les cases. »

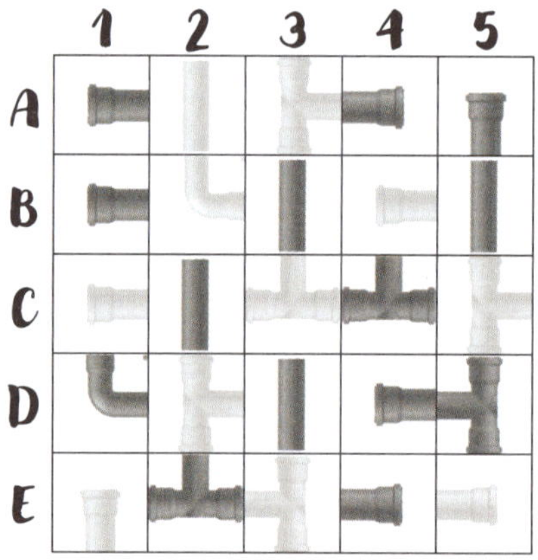

INDICE 2

En regardant la solution, quelle lettre forment les tuyaux des cases B1, B2, C1, C2, D1 et D2 ? ☐

3 UN GRAND TABLEAU

***Guernica* est sans doute l'une des œuvres les plus connues de Picasso.**

Retrouvez la largeur et la longueur du tableau en complétant ces opérations avec les nombres disponibles.

Largeur **4 • 55 • 353 • 498**
(...... – ...... + ...) × ...... = _ _ _ centimètres.

Longueur **6 • 192 • 229 • 525 • 1 612**
(...... – ...... + ... + ...) ÷ ...... = _ _ _ centimètres.

INDICE 3

Additionnez les deux mesures, puis cochez le nombre que vous avez trouvé ci-dessous. Votre indice sera la lettre correspondante.

❑ 1 000 = A ❑ 1 050 = L ❑ 1 150 = R

4 EN CHEMIN

Alors que ce tableau est entièrement en noir et blanc, c'est en suivant les couleurs que vous obtiendrez un prochain indice.

Barrez toutes les flèches qui apparaissent en double (même couleur et même direction) puis suivez celles qui restent, en partant de la jaune en haut à gauche.

A
I
L
O
S

INDICE 4

Quelle lettre atteignez-vous en empruntant le chemin ?

5 DE NOMBREUX SYMBOLES

Guernica **est vite devenu un manifeste contre la guerre civile en Espagne, puis contre la guerre en général. Les critiques y voient de nombreux symboles.**

Compléter la grille avec les mots de la liste et lisez un dernier mot à la verticale.

BRUTALITÉ
ESPAGNE
FASCISME
GUERRE
HORREUR
MADRID
NATIONALISTES
OBSCURITÉ
TRISTESSE
VICTIMES
VIOLENCE

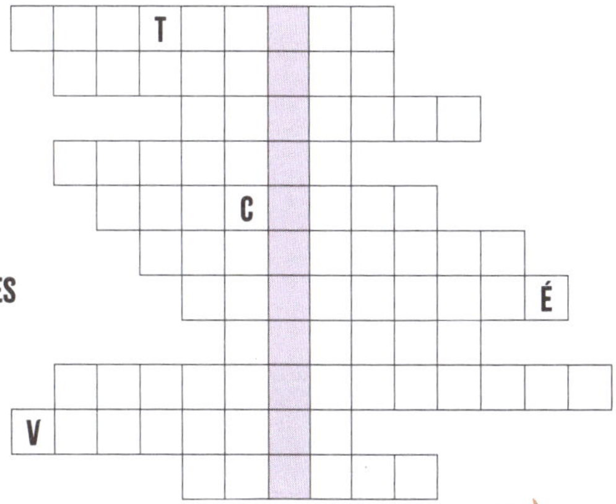

AIDE N°30

INDICE 5

Quelle lettre apparaît au milieu du nouveau mot ?

6 RÉSOLUTION DE L'ENQUÊTE

Formez un mot grâce aux lettres obtenues, puis entourez le personnage qui correspond à ce symbole.

Tête de femme pleureuse avec mouchoir III
Pablo Picasso

SI VOUS AVEZ RÉUSSI, POURSUIVEZ VOTRE VISITE DU MUSÉE !

INDICE 1
INDICE 2
INDICE 3
INDICE 4
INDICE 5

E _ _ _ _ _ _

17

Vous avez la chance d'exposer *Les Deux Fridas*, l'un des plus célèbres autoportraits de l'artiste mexicaine. Alors que vous arrivez à son niveau, vous constatez que quelqu'un a découpé la biographie de l'artiste du panneau explicatif.

DANS QUEL ORDRE RECONSTRUIRE LA VIE DE FRIDA KAHLO ?

1 PORTRAIT

Vous devez retrouver les pièces manquantes et les recoller. Vous commencez par un portrait de l'artiste.

Repérez le détail qui ne correspond pas.

INDICE 1

Récupérez le mot lié au détail.

____

2 PASSÉ ET PRÉSENT

***Les Deux Fridas* représentent deux parties de la vie de l'artiste : quand elle était la femme d'un peintre connu, puis quand elle est devenue indépendante et renommée.**

Comptez toutes les Fridas qui apparaissent ici.

INDICE 2

Transformez le nombre obtenu en lettre pour compléter ce mot.

MAR _ E

3 UNE RELATION COMPLEXE

Vous vous replongez maintenant dans la vie tumultueuse de Frida Kahlo, et notamment sa vie de couple avec le peintre Diego Rivera.

Retrouvez la place de chaque lettre.

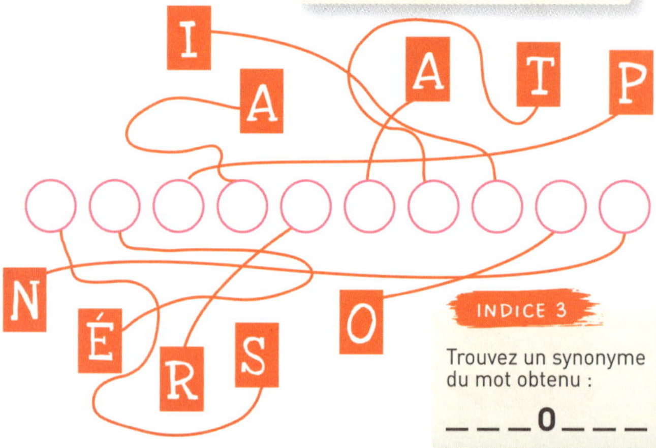

INDICE 3

Trouvez un synonyme du mot obtenu :

_ _ _ O _ _ _

4 DES SYMBOLES

Frida Kahlo n'aime pas être associée au mouvement surréaliste. Elle représente souvent des éléments qui symbolisent ce qu'elle a vécu.

Aidez-vous du point commun entre chaque paire d'images pour repérer une différence.

AIDE N°31

INDICE 4

Quel mot pouvez-vous écrire avec les lettres obtenues ?

_ _ _ _ _

5 UNE MEXICAINE

Il n'est pas rare de voir Frida Kahlo habillée en costume traditionnel et, dans ses tableaux, elle est souvent entourée d'oiseaux et de fleurs qui symbolisent le Mexique.

Barrez les lettres qui apparaissent en triple et formez un mot avec celles qui restent.

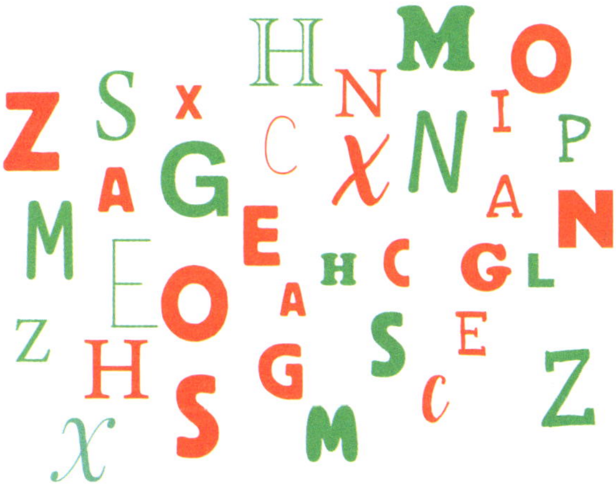

INDICE 5

Quel mot avez-vous écrit ?

_ _ _ _ _

AIDE N°32

6 RÉSOLUTION DE L'ENQUÊTE

Complétez chaque phrase avec l'indice correspondant, puis rangez-les dans l'ordre chronologique.

- ◯ Frida a un
- ◯ Frida se
- ◯ Frida
- ◯ Frida voyage à
- ◯ Frida contracte la

Les Deux Fridas
Frida Kahlo

SI VOUS AVEZ RÉUSSI, POURSUIVEZ VOTRE VISITE DU MUSÉE !

18

Vous poursuivez votre visite dans la partie consacrée aux surréalistes. René Magritte est évidemment représenté, notamment avec *Le Fils de l'homme*. Mais un tas de pommes a été déposé au pied du tableau. Qui a pu faire ça ?

QUI A DÉPOSÉ DES POMMES AU PIED DU *FILS DE L'HOMME* DE RENÉ MAGRITTE ?

1 MESSAGE CODÉ

Au milieu des pommes, au pied de ce tableau peint par l'artiste belge en 1964, vous retrouvez un message codé.

Décryptez-le grâce aux indications.

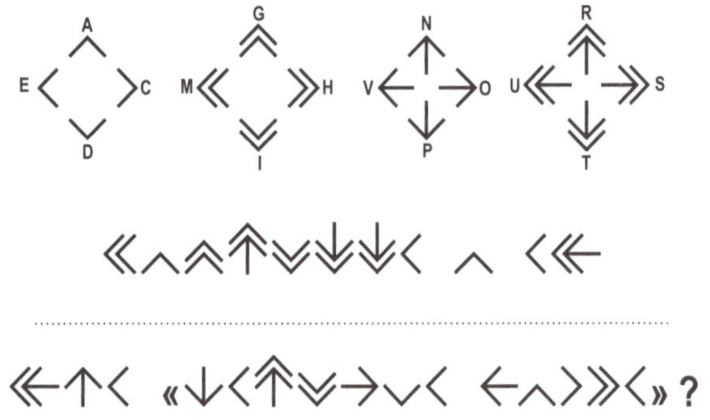

INDICE 1

Quelle est la première lettre du dernier mot ? ☐

2 RONDE DE POMMES

Vous observez les pommes. Elles rappellent la pomme verte au centre du tableau.

Reliez chaque espace vide à la pomme qui lui correspond pour former une ronde parfaitement symétrique. Une même pomme peut être utilisée plusieurs fois.

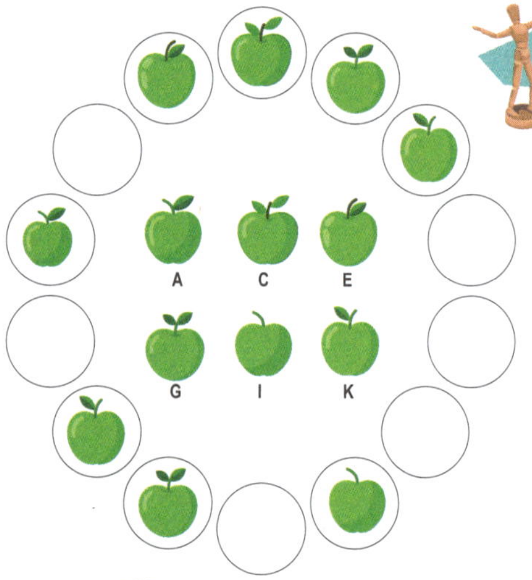

INDICE 2

Quelle lettre est liée à la pomme que vous n'avez pas utilisée ? ☐

3 LE SANS-VISAGE

Cette toile est un faux portrait, puisque le visage du sujet y est caché.

Complétez cette citation de René Magritte en remettant les mots manquants dans l'ordre.

avec | le | suscitent | des | veille | qui | que | mystère | Je | faire | à | ne | précision | peintures | la

« ……………………, dans la mesure du possible, ……………………

……………………………………………………

et l'enchantement nécessaire à la vie des idées. »

INDICE 3

Récupérez la cinquième lettre du treizième mot. ☐

4 ROUAGES

Le surréalisme des tableaux de Magritte réside dans la représentation d'éléments qui, a priori, n'ont rien à faire ensemble.

Faites en sorte que tout s'emboîte parfaitement en devinant dans quel sens tourne le rouage rouge.

INDICE 4

Quelle lettre est liée à ce sens de rotation ? ☐

5 LES MOTS DE MAGRITTE

René Magritte est peintre mais aussi poète. Pour lui, la poésie passe aussi bien par les images que par les mots.

Complétez cette grille de mots croisés.

INDICE 5

Quelle lettre apparaît dans les cases colorées ? ☐

6 RÉSOLUTION DE L'ENQUÊTE

Décalez chaque lettre de deux rangs pour lire un mot.

INDICE 4	INDICE 3	INDICE 1	INDICE 2	INDICE 5	INDICE 1	
......	......	......	......	......	......	G
......	......	......	......	......	......	......

Le Fils de l'homme
René Magritte

Si vous avez réussi, poursuivez votre visite du musée !

19

OÙ LA NANA DE NIKI DE SAINT PHALLE A-T-ELLE ÉTÉ CACHÉE ?

Vous voilà parvenu à la fin de l'exposition, mais pas au bout de vos peines, car la *Nana* assise qui trônait au centre de la toute dernière salle n'est plus là.
À sa place, vous trouvez une lettre à votre intention.

1 LES NANAS

Le message indique que la sculpture a été cachée dans une autre salle du musée. Il est accompagné de la photo d'une *Nana*, l'une de ces sculptures toutes en rondeurs créées par Niki de Saint Phalle à partir des années 1960.

Ne gardez que les lettres qui correspondent aux couleurs de la sculpture.

INDICE 1

Quel mot pouvez-vous écrire avec ces lettres ?

_ _ _ _ _ _ _ _ _ _

G C I A N O E T P
N I R M E S

2 LES FEMMES AU POUVOIR

À travers ses *Nanas*, Niki de Saint Phalle imagine une société matriarcale qui permettrait de mettre fin à la guerre ou à la famine dans le monde.

Rangez ces groupes de lettres dans la grille pour faire apparaître une phrase.

ISAE NEUS TZXD ÉVSU ROAB EULA SSLS

AIDE N°35

....

INDICE 2

Quels sont les trois derniers mots ?

____

3 DES MOTIFS FÉMININS

Les *Nanas* prennent des formes variables, mais trois symboles apparaissent dans la plupart de ces œuvres : le cœur, le soleil et la fleur.

Dans cette figure, ce sont les triangles que vous devez compter. Combien en voyez-vous ?

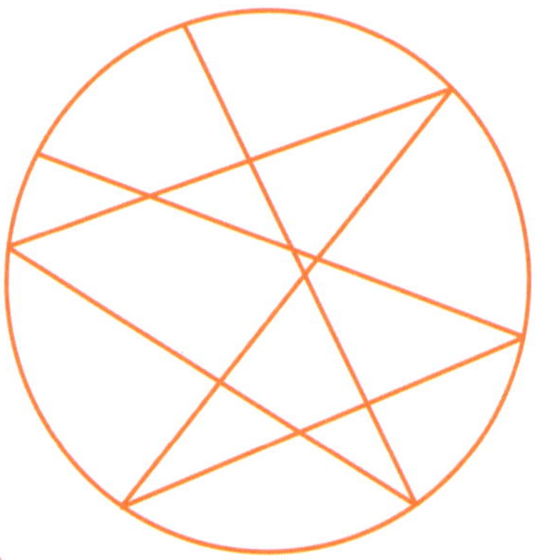

AIDE N°36

INDICE 3

Ajoutez 9 à votre réponse, puis transformez ce nombre en lettre

4 DIFFÉRENTES INSPIRATIONS

Les formes et les couleurs utilisées par Niki de Saint Phalle s'inspirent notamment d'Antoni Gaudí. Quant aux *Nanas*, elles font penser aux sculptures de femmes de la préhistoire.

Classez ces figures féminines de la plus grande à la plus petite.

INDICE 4

Quels mots apparaissent ? ______________________________

5 ELLES VALENT MIEUX QUE DES MOTS

En revenant sur vos pas, vous trouvez différentes images. Après les avoir regroupées, vous vous demandez si elles peuvent avoir un lien avec la disparition de la *Nana*.

Déchiffrez ce rébus.

INDICE 5

Quel bout de phrase obtenez-vous ? ______________________________

6 RÉSOLUTION DE L'ENQUÊTE

Complétez ces phrases avec vos indices, puis procédez par élimination pour ne garder qu'une salle.

La sculpture n'est pas dans :

1. les deux salles consacrées aux œuvres les plus ______________
2. les deux ______________
3. une salle qui se termine par ______
4. la salle consacrée à ______________
5. La salle dans laquelle elle est ______________ ______________

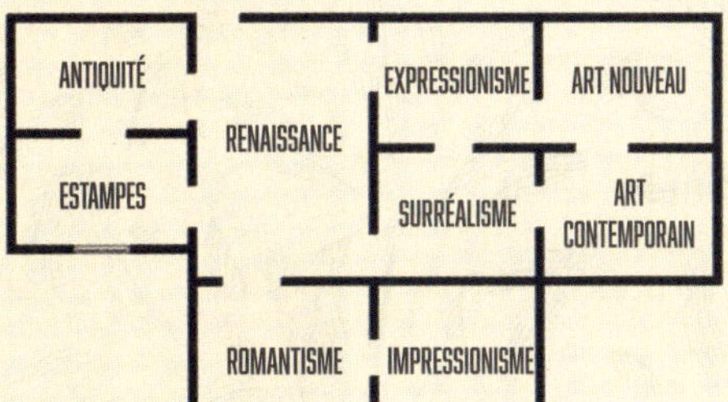

Nana assise
Niki de Saint Phalle

SI VOUS AVEZ RÉUSSI, POURSUIVEZ VOTRE VISITE DU MUSÉE !

L'art contemporain

1. **En quelle décennie le *land art* est-il apparu ?**

- ☐ **a)** les années 1960
- ☐ **b)** les années 1980
- ☐ **c)** les années 2000

2. **Quel est le nom d'artiste du graffeur le plus célèbre du monde, dont personne ne connaît la véritable identité ?**

....

3. **Quel artiste est connu pour ses tableaux qui n'utilisent que du noir, qu'il appelle lui-même « noir-lumière » ?**

- ☐ **a)** Ai Weiwei
- ☐ **b)** David Hockney
- ☐ **c)** Pierre Soulages

4. **L'œuvre de Jeff Koons représentant un chien en ballon s'appelle *Balloon Dog*.**

- ☐ **a)** vrai
- ☐ **b)** faux

5. **Quel animal Damien Hirst n'a-t-il pas encore présenté dans un cube de plexiglas ?**

- ☐ **a)** un chien
- ☐ **b)** un zèbre
- ☐ **c)** un requin

6. **Quel motif est le plus représenté dans les œuvres de Yayoi Kusama ?**

- ☐ **a)** la rayure
- ☐ **b)** le carreau
- ☐ **c)** le pois

7. **Qu'est-ce qui est particulièrement révolutionnaire avec le happening ?**

- ☐ **a)** l'artiste se met en scène
- ☐ **b)** le spectateur devient acteur de l'œuvre
- ☐ **c)** l'art est éphémère

8. **Où à Paris faut-il se rendre pour trouver une œuvre *in situ* Daniel Buren ?**

- ☐ **a)** à la place de la Concorde
- ☐ **b)** au palais Garnier
- ☐ **c)** au Palais-Royal

9. **Que représente la sculpture de Louise Bourgeois dont le titre est *Maman* ?**

- ☐ **a)** une louve à six pattes
- ☐ **b)** une araignée géante
- ☐ **c)** une main tendue vers le ciel

10. **Quel pont parisien a été emballé par Christo et Jeanne-Claude ?**

- ☐ **a)** le pont Alexandre-III
- ☐ **b)** le Pont-Neuf
- ☐ **c)** le pont Royal

11. Quelle est la nationalité de Laurent, l'artiste qui vend ses toiles à plusieurs milliers d'euros du haut de ses deux ans ?

- ☐ **a)** allemande
- ☐ **b)** française
- ☐ **c)** canadienne

12. Quel artiste contemporain est à l'origine de deux des dix peintures les plus chères au monde ?

- ☐ **a)** Francis Bacon
- ☐ **b)** Andy Warhol
- ☐ **c)** Willem de Kooning

13. Quand considère-t-on que commence l'art contemporain ?

- ☐ **a)** après la Seconde Guerre mondiale
- ☐ **b)** après l'invention de la photographie
- ☐ **c)** à partir du xxie siècle

14. Quel artiste peint des silhouettes de personnages en mouvement, toujours colorées et cernées d'un trait noir épais ?

- ☐ **a)** Roy Lichtenstein
- ☐ **b)** Keith Haring
- ☐ **c)** Pauline Boty

15. Quelle est la couleur principale du tableau *The Girl Who had Everything* de Cecily Brown ?

- ☐ **a)** jaune
- ☐ **b)** bleu
- ☐ **c)** rose

16. Quelle artiste proposait d'embrasser les visiteurs pour 5 francs lors de la Fiac de 1977 dans le cadre de son œuvre le *Baiser de l'artiste*.

- ☐ **a)** Cindy Sherman
- ☐ **b)** Miss.Tic
- ☐ **c)** Orlan

17. De quelle année datent les *Campbell's Soup Cans* d'Andy Warhol ?

- ☐ **a)** 1952
- ☐ **b)** 1962
- ☐ **c)** 1972

18. Quel est le principe du matiérisme ?

- ☐ **a)** l'utilisation de matériaux non traditionnels sur une toile
- ☐ **b)** l'utilisation d'autres matériaux qu'une toile pour y peindre
- ☐ **c)** l'utilisation de plusieurs matières en sculpture

19. Quel thème est au centre des œuvres de Jean-Michel Basquiat ?

- ☐ **a)** le rêve
- ☐ **b)** l'enfance
- ☐ **c)** la mort

20. À quel courant artistique appartient Keiichi Tanaami ?

- ☐ **a)** le pop art
- ☐ **b)** le photoréalisme
- ☐ **c)** la figuration libre

CORRIGÉS

1 OÙ EST PASSÉ LE BUSTE DE NÉFERTITI ?

1 UN CHEMIN GRAVÉ

La statue a été retrouvée à **Amarna**, le nom donné aux **ruines d'Akhetaton**, la cité créée par le pharaon et époux de Néfertiti, Akhenaton.

INDICE 1

I et **O**

2 UN AUTRE MESSAGE

Chaque nombre doit être remplacé par la lettre qui lui correspond dans l'alphabet (A = 1, B = 2, etc.).

Suivez les vagues.

INDICE 2

3 UNE PARTIE DE DÉS

Les dés qui ne correspondent pas sont les dés **A** et **E**.

INDICE 3

A et **E**

4 UN HIÉROGLYPHE CACHÉ

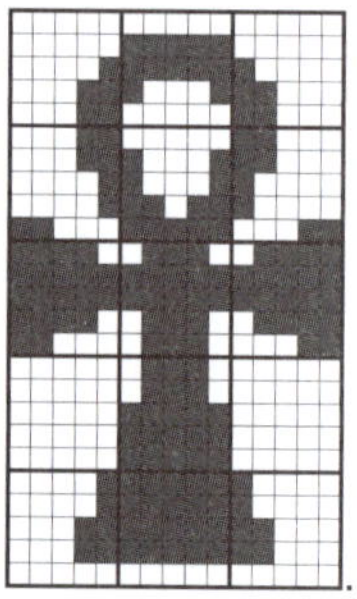

INDICE 4

5 DES HIÉROGLYPHES MODERNES

Vous cherchez un lion.

([v] – houx – cher – chez – un – lit – on)

INDICE 5

6 RÉSOLUTION DE L'ENQUÊTE

3	2		1	5	4
A/E	C/T	L/N	I/O	P/U	R/S
	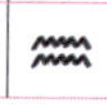				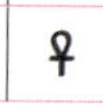

Le message codé en hiéroglyphe est :
« sculpture en restauration ».

Ce n'était donc pas un voleur, mais le restaurateur qui s'est joué de vous !

2 QUI A HABILLÉ *LA VICTOIRE DE SAMOTHRACE* ?

1 PREMIÈRE FOUILLE

7	0	2	8	4	5	6	9	1
1	9	3	6	3	8	0	1	7
4	6	7	3	0	1	8	9	4
5	4	8	2	3	9	7	4	10
0	8	3	1	11	0	7	4	2
7	0	7	7	1	4	5	3	2
6	2	5	0	5	3	4	2	8
3	11	3	7	2	8	2	0	6
2	0	9	3	6	7	0	5	4

INDICE 1

Bleu

2 MÉLI-MÉLO

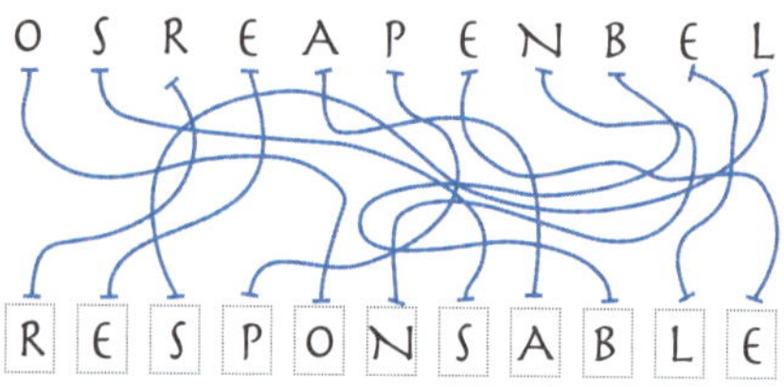

INDICE 2

Responsable

3 DÉCODAGE

- Regardez les lettres qui apparaissent sur les lignes qui contiennent beaucoup de rouge. A et L ne sont a priori pas dans le code (on raye donc leurs occurrences), tandis que B, N, S et U y sont probablement. Un doute persiste pour M et R.

- **Lignes 2, 3 et 5 :** le U ne peut pas être à la fin, et le M ne peut pas être au milieu. C'est donc le R qui est bien placé ligne 3. On peut barrer toutes les occurrences du M.
- **Lignes 1, 4 et 5 :** le N n'est pas au milieu et le U n'est pas en avant-dernier. C'est donc le B qui est bien placé.
- **Ligne 5 :** U et N ne vont pas en dernière position, c'est donc le S à la fin.
- **Ligne 1 :** N ne va pas en troisième place, donc il est en quatrième, et le U en troisième.

INDICE 3

Bruns

4 SUR LES TRACES DE LA STATUE

H	T	E	É	G	É	R	H	O	D	E	S	C
T	E	M	A	R	B	R	E	R	I	V	A	N
A	C	L	É	I	R	E	P	A	R	D	N	R
I	H	E	L	R	U	E	T	P	L	U	C	S
L	N	R	L	É	G	R	E	C	P	E	T	A
L	I	R	I	A	N	L	É	V	R	U	U	M
E	Q	E	U	E	I	I	Î	F	O	T	A	O
U	U	I	O	R	K	R	S	L	U	A	I	T
R	E	P	F	V	É	V	A	T	E	T	R	H
C	O	N	S	U	L	A	T	T	I	S	E	R
P	A	L	É	O	P	O	L	I	S	Q	E	A
S	R	E	I	L	A	C	S	E	S	T	U	C
E	L	C	O	S	V	I	C	T	O	I	R	E

INDICE 4

Cravate

5 FOUILLES ARCHÉOLOGIQUES

INDICE 5

D

6 RÉSOLUTION DE L'ENQUÊTE

- Le premier indice permet d'éliminer la stagiaire (elle ne porte pas de bleu).
- Le deuxième indice permet d'éliminer la responsable de collection.
- Le troisième indice permet d'éliminer le conservateur (il n'est pas brun).
- Le quatrième indice permet d'éliminer le guide (il porte une cravate).
- Le ciinquième indice permet d'éliminer la technicienne (lettre D).

C'est **l'agent d'accueil** (B) qui a habillé la *Victoire de Samothrace* d'un manteau.

3 POURQUOI *LA JOCONDE* EST-ELLE RECOUVERTE DE PEINTURE NOIRE ?

1 UN NOIR SECRET ?

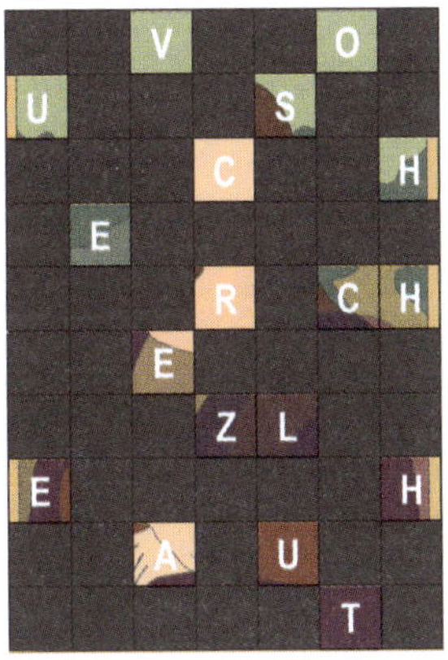

En superposant les deux grilles, on trouve le message : **« Vous cherchez le haut. »**

INDICE 1

O

2 DEUX VERSIONS D'ELLE-MÊME

Il y a 9 différences.

INDICE 2

I

3 LE MATÉRIEL ADÉQUAT

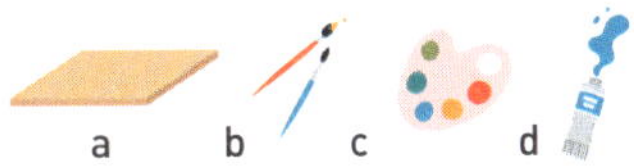

Ligne 1 : a + b = c, donc
ligne 2 : b + (a + b) = d + a, donc 2b = d.

Ligne 3 : 3a + b = d soit 3a + b = 2b, donc 3a = b, 4a = c et 6a = d.

Si a = 1, alors b = 3, c = 4 et d = 6.

Si a = 2, alors b = 6, c = 8 et d = 12, ce qui est impossible puisque la valeur maximale d'une image est 9.

Le total est égal à 14.

INDICE 3

N

4 LA TOUCHE DE VINCI

Tous les mots qui correspondent à ces images commencent par la lettre A (arbre, aigle, astéroïde, aile, agrumes).

INDICE 4

A

5 LA VAGUE

En lisant une lettre du haut, puis une du bas, et ainsi de suite, le message indique :
« Il apparaît deux fois dans joujou ».

INDICE 5

J

6 RÉSOLUTION DE L'ENQUÊTE

Le message est : **« *La Joconde* aux Italiens ! »**
L'auteur de ce délit est probablement un Italien qui aimerait que *La Joconde* revienne à son pays.

4 QUEL TABLEAU DES *QUATRE SAISONS* EST UN FAUX ?

1 MAUVAIS ACCROCHAGE

INDICE 1

En lisant les lettres en gras dans les tableaux de 1 à 4, on obtient : **« belladone »**.

2 EN PYRAMIDE

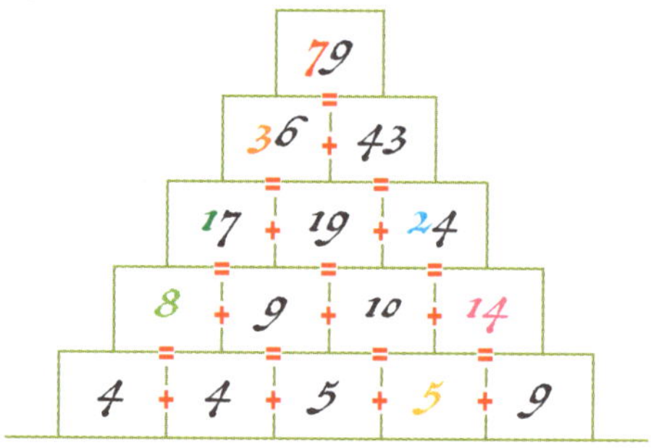

Il y a **79 plantes** différentes sur le tableau du printemps.

INDICE 2

Branchage

3 HISTOIRE DE L'ART

L'ordre chronologique des encadrés est :
C-H-Â-T-A-I-G-N-E.

INDICE 3

Châtaigne

4 LE SENS DE L'OBSERVATION

INDICE 4

Framboise

5 REPÉRAGE

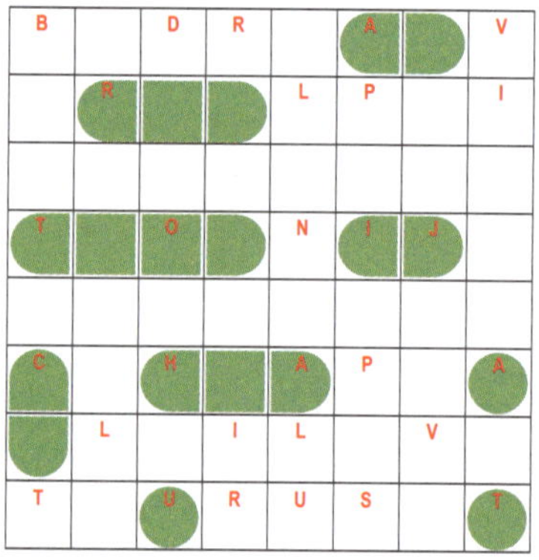

INDICE 5

Artichaut

6 RÉSOLUTION DE L'ENQUÊTE

Le C signifie « consonne » et le V « voyelle ». Il faut donc trouver le seul mot de la liste qui correspond. Il s'agit de **« framboise »**. Ce fruit n'apparaît que dans le tableau de l'été, c'est donc celui-ci qui est faux.

5 OÙ SONT CACHÉS *LES ÉPOUX ARNOLFINI* DE JAN VAN EYCK ?

1 UNE LOGIQUE DE LETTRES

A	E	C	R	U	X	G	S	O
S	R	U	A	G	O	C	X	E
O	G	X	E	S	C	A	R	U
U	C	O	S	A	E	R	G	X
E	X	R	O	C	G	U	A	S
G	S	A	X	R	U	O	E	C
R	O	G	C	X	S	E	U	A
C	U	S	G	E	A	X	O	R
X	A	E	U	O	R	S	C	G

INDICE 1

Courageux

2 DES MOTS EN IMAGES

1. aile et île ≠ **A** ; **2.** palmes et lampe ≠ S ;
3. cintre et citerne ≠ **E** ; **4.** mûre et brume ≠ **B** ;
5. cageots et escargot ≠ **R** ; **6.** aigle et argile ≠ **R**

INDICE 2

Les lettres récoltées A, S, E, B, R, R permettent de former le mot **« arbres »**.

3 DES SYMBOLES ÉSOTÉRIQUES ?

TROMPER

INDICE 3

Tromper

4 DÉCOMPOSITION

R E S P I R E R

INDICE 4

Respirer

5 UN PORTRAITISTE RECONNU

Seul le nombre **26** n'apparaît qu'une fois.

INDICE 5

2/6

6 RÉSOLUTION DE L'ENQUÊTE

- Mon premier est au sommet des **arbres** → **cime**
- Mon deuxième est la façon la plus simple d'écrire **2/6** → **tiers**
- Mon troisième est facile à **tromper** → **dupe**
- On a besoin de mon quatrième pour **respirer** → **air**
- Mon cinquième n'est pas **courageux** → **lâche**
- Mon sixième est le contraire de la gêne, il reflète davantage la détente et la satisfaction → **aise**

Mon tout est le lieu où le tableau a été caché : le **cimetière du Père-Lachaise**.

EXPOSITION TEMPORAIRE LA RENAISSANCE

1. c ; **2.** a ; **3.** b ; **4.** b c'est Michel-Ange qui en est l'auteur ; **5.** c ; **6.** a ; **7.** b ; **8.** b ; **9.** c ; **10.** a ; **11.** b, elles ne pouvaient pas non plus se former auprès d'un maître dans un atelier, à moins que leur père ou leur frère n'y travaille ; **12.** c, bien que l'on ne soit pas certains de la date. Ce pourrait aussi être en 1506 ; **13.** c ; **14.** b, le successeur de François Ier ; **15.** b, Artemisia Gentileschi en est l'autrice, elle a représenté Judith sous ses propres traits et Holofernes sous ceux d'un homme qui l'avait violée la même année ; **16.** c ; **17.** a ; **18.** a ; **19.** b, dès le XIIIe siècle ; **20.** a.

6 À QUEL GENRE APPARTIENT *LA JEUNE FILLE À LA PERLE* DE VERMEER ?

1 CLAIR-OBSCUR

Seul le **zoom T** ne correspond pas au modèle.

INDICE 1

T

2 LA PALETTE DE VERMEER

- **Balances 1 et 2 :** rouge = jaune – vert
- **Balances 1 et 3 :** orange = 2 verts
- **Balance 4 :** x + jaune = 2 bleus + 1 vert + 1 orange = 2 bleus + 3 verts, donc x = bleu + vert, donc x = rouge.

Il faut ajouter **un pigment rouge** sur le plateau gauche de la dernière balance.

INDICE 2

R

3 LES PERLES DE VERMEER

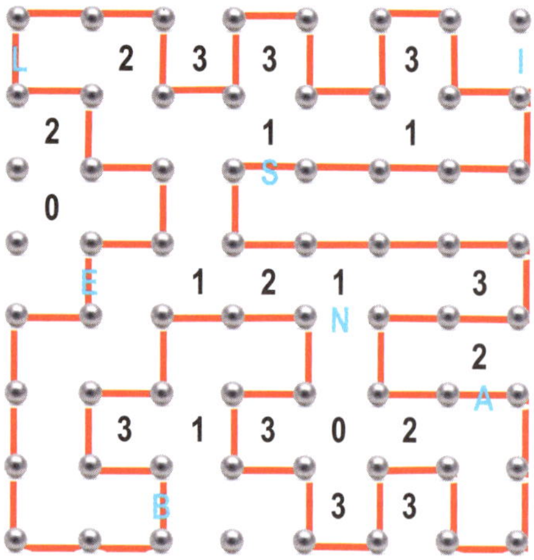

INDICE 3

I et **N**

4 LA JOCONDE DU NORD

		Artiste					Année					Largeur				
		Frida Kahlo	Gustav Klimt	Édouard Manet	Amedeo Modigliani	Pablo Picasso	1877	1907	1918	1926	1937	65 cm	92 cm	116 cm	125 cm	138 cm
Œuvres	*Nana*	×	×	O	×	×	O	×	×	×	×	×	×	O	×	×
	Portrait d'Adèle Bloch-Bauer I	×	O	×	×	×	×	O	×	×	×	×	×	×	×	O
	Portrait de Dora Maar	×	×	×	×	O	×	×	×	×	O	O	×	×	×	×
	Jeanne Hébuterne assise	×	×	×	O	×	×	×	O	×	×	×	O	×	×	×
	Autoportrait à la robe de velours	O	×	×	×	×	×	×	×	O	×	×	×	×	O	×
Largeur	65 cm	×	×	×	×	O	×	×	×	×	O					
	92 cm	×	×	×	O	×	×	×	O	×	×					
	116 cm	×	×	O	×	×	O	×	×	×	×					
	125 cm	O	×	×	×	×	×	×	×	O	×					
	138 cm	×	O	×	×	×	×	O	×	×	×					
Année	1877	×	×	O	×	×										
	1907	×	O	×	×	×										
	1918	×	×	×	O	×										
	1926	O	×	×	×	×										
	1937	×	×	×	×	O										

Œuvre	Artiste	Année	Largeur
Nana	Édouard Manet	1877	116 cm
Portrait d'Adèle Bloch-Bauer I	Gustav Klimt	1907	138 cm
Portrait de Dora Maar	Pablo Picasso	1937	65 cm
Jeanne Hébuterne assise	Amedeo Modigliani	1918	92 cm
Autoportrait à la robe de velours	Frida Kahlo	1926	125 cm

INDICE 4

O

5 RÉSOLUTION DE L'ENQUÊTE

Le tableau est une **tronie**.

Ce genre de peinture néerlandais désigne des portraits avec des visages souvent très expressifs qui ne représentent pas forcément des personnes précises mais plutôt un type de personnes (ici une jeune fille).

7 POURQUOI *LE RADEAU DE LA MÉDUSE* A-T-IL ÉTÉ MASQUÉ ?

1 DES NAUFRAGÉS

Le message formé par les radeaux est : **« dégradation »**.

INDICE 1

Dégradation

2 UN ÉVÉNEMENT TRAGIQUE

1. vrai ; **2.** faux, elle était accompagnée de trois autres navires ; **3.** faux, elle s'est échouée sur un banc de sable ; **4.** vrai ; **5.** faux, il restait quinze survivants, mais cinq d'entre eux sont malheureusement morts avant d'atteindre la terre ferme.

INDICE 2

Les lettres à retenir sont : I + 1 = J ; U ; A + 3 = D ; I – 4 = E ; F – 1 = E.

Judée

3 UN ARTISTE FASCINÉ

A. L'artiste a rencontré deux survivants de cette catastrophe.

B. Géricault a observé des cadavres pour bien les représenter.

C. Il a fait des croquis des différents événements de cette histoire.

INDICE 3

Les lettres à récupérer sont en bleu ci-dessus, elles forment le mot : **« bitume »**.

4 LE TABLEAU LIBÉRÉ

INDICE 4

Pigment

5 TOUT BLANC OU TOUT NOIR

●	○	●	○	○	●	●	○
○	●	○	●	●	○	○	●
○	○	●	●	○	●	●	○
●	●	○	○	●	●	○	○
○	●	○	●	○	○	●	●
●	○	●	○	●	●	○	○
●	●	○	○	●	○	○	●
○	○	●	●	○	○	●	●

INDICE 5

La case colorée correspond au mot **« participe »**.

6 RÉSOLUTION DE L'ENQUÊTE

« Le **bitume** de **Judée**, un **pigment** noir, **participe** à la **dégradation** de l'œuvre. »

La personne qui a ajouté le rideau voulait passer un message : le tableau va devenir de plus en plus sombre à cause de ce pigment, ce qui ne peut malheureusement pas s'arranger, même avec une restauration.

8 POURQUOI *LA GRANDE VAGUE* D'HOKUSAI EST-ELLE ACCROCHÉE À LA VERTICALE ?

1 DE MULTIPLES VISAGES

Le bleu le plus clair et le bleu le plus foncé.

INDICE 1

Les lettres qui correspondent à ces deux couleurs sont **E** et **A**.

2 UNE PÉRIODE SINGULIÈRE

En rangeant les images de la plus petite à la plus grande, vous pouvez lire **« I GREC »** et **« HAINE »**.

INDICE 2

Y et **N**

3 DE PETITS NOMS

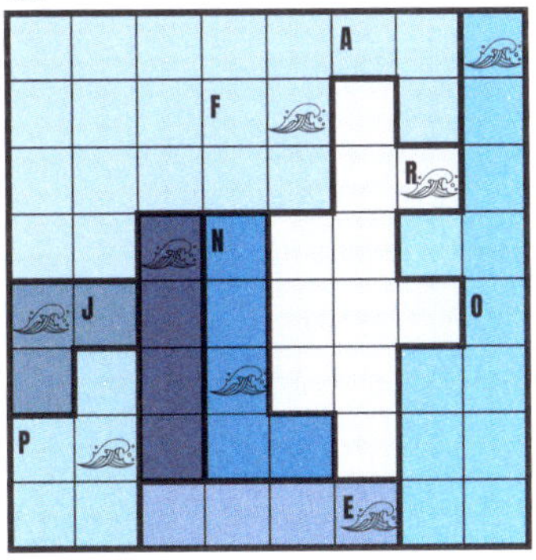

INDICE 3

R et **E**

4 LA MONTAGNE

5 + 8 = 13

7 + 9 = 16

7 + 10 = 17

8 + 10 = 18

9 + 11 = 20

INDICE 4

5 + 7 + 7 + 8 + 9 = 36 → 36 / 4 = 9 → I

8 + 9 + 10 + 10 + 11 = 48 → 48 / 4 = 12 → L

I et **L**

5 AU SEIN MÊME DE L'ŒUVRE

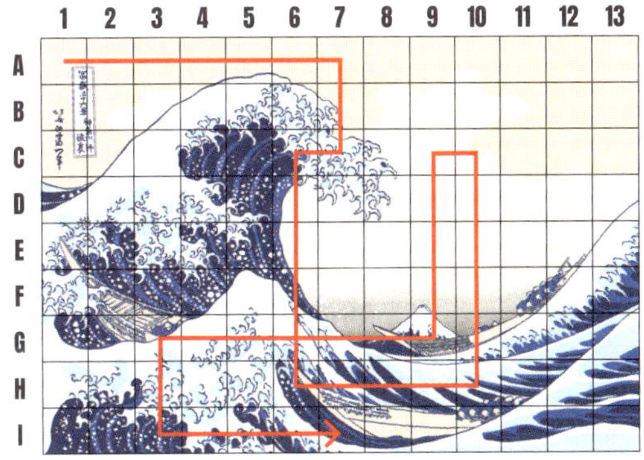

Le chemin s'arrête en **I7**.

INDICE 5

I et **G**

6 RÉSOLUTION DE L'ENQUÊTE

V	O	I	R	L	E	Y	I	N
E	T	L	E	Y	A	N	G	.

Une fois les dominos replacés, la raison de cet accrochage fantaisiste apparaît : pour mieux **voir le yin et le yang**.

Effectivement ce symbole se cacherait dans *La Grande Vague* d'Hokusai, et on le reconnaît mieux en la regardant sur le côté.

9 QUE SAVEZ-VOUS SUR *LA LIBERTÉ GUIDANT LE PEUPLE* DE DELACROIX ?

1 TOUT BIEN CALCULÉ...

28	4	3	31	35	10
36	18	21	24	11	1
7	23	12	17	22	30
8	13	26	19	16	29
5	20	15	14	25	32
27	33	34	6	2	9

17 9 8 - 18 6 3

Eugène Delacroix est né en **1798** et mort en **1863**.

INDICE 1

8 = H, 18 + 3 = U, 9 = I, 17 – 5 = L, 3 + 2 = E

Huile

❷ LES MOTS DE L'HISTOIRE

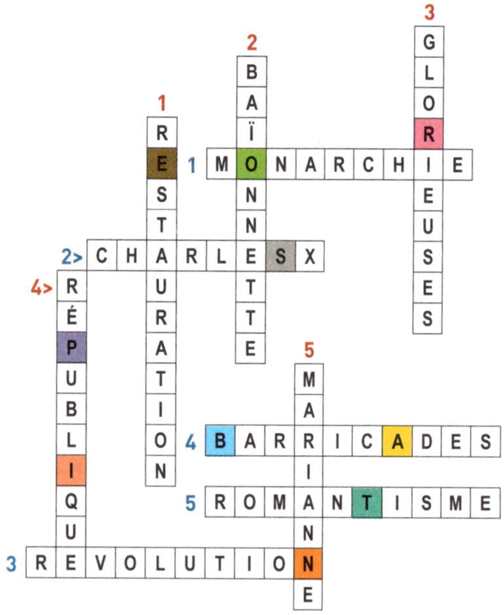

INDICE 2

Bonapartiste

(Eugène Delacroix n'était pas un partisan de la Révolution mais un bonapartiste. Il était même considéré comme antirépublicain.)

❸ UNE QUESTION DE MÉMOIRE

1. trois ; **2.** Notre-Dame de Paris ;
3. des baïonnettes ; **4.** vrai ; **5.** rouge.

INDICE 3 INDICE 4

Louvre et Paris

❹ RÉSOLUTION DE L'ENQUÊTE

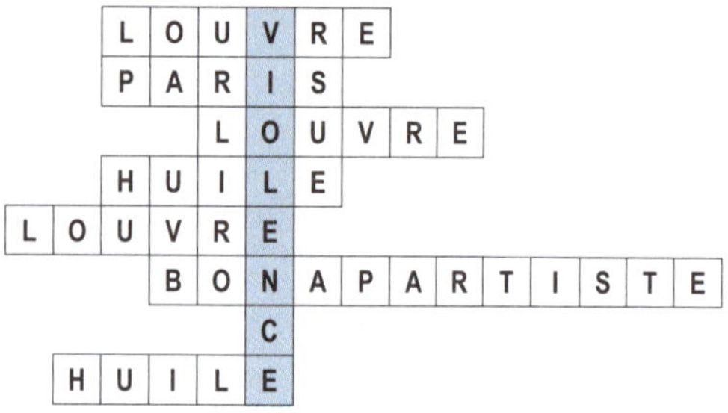

Le mot qui apparaît est **« violence ».**

Dans son tableau, Eugène Delacroix l'a représentée de plusieurs manières : avec de la fumée en arrière-plan, des cadavres à moitié nus au premier plan, des armes…

10 QUI EST *LA PETITE DANSEUSE DE QUATORZE ANS* DE DEGAS ?

❶ DEGAS ET LES DANSEUSES

Les paires sont : **A** et **S**, **E** et **L**, **I** et **U**.

INDICE 1

N

❷ LA PETITE DANSEUSE

Seule l'**ombre C** ne correspond pas au modèle.

C  Sa jupe est plus longue.

INDICE 2

C

❸ UNE ŒUVRE CACHÉE

A		P		E
	B	R	M	
L	O	U	E	R
	A	N	S	
B		E		E

INDICE 3

U

❹ TRISTE FIN

« Prenez une hache. »

INDICE 4

H

❺ DE NOS JOURS

1	9	6	4	5	3	7	2	8
2	8	3	1	9	7	6	5	4
5	4	7	6	8	2	1	3	9
9	3	8	7	2	6	5	4	1
7	2	5	8	4	1	9	6	3
4	6	1	5	3	9	8	7	2
3	5	4	9	7	8	2	1	6
6	7	9	2	1	4	3	8	5
8	1	2	3	6	5	4	9	7

L'œuvre est exposée à Washington depuis **1955**.

INDICE 5

G

❻ RÉSOLUTION DE L'ENQUÊTE

G	U	M	N	C	H	U	A	C	N	G	H
H	U	N	C	G	R	I	U	N	E	G	C
U	C	H	E	G	N	U	H	G	C	U	S
T	É	H	N	C	U	H	L	È	H	G	C
H	N	G	U	N	V	G	H	U	N	C	E
C	C	D	H	U	N	C	G	E	H	B	N
G	C	U	N	A	L	H	C	G	L	U	H
E	H	N	C	U	H	G	T	N	H	C	U
G	N	C	À	H	G	L'	U	C	N	O	P
H	É	C	G	U	H	N	C	G	R	H	G
C	U	A	D	N	C	E	P	U	H	N	A
R	G	C	H	U	I	N	H	C	S	G	U

Marie est élève de ballet à l'Opéra de Paris.

La petite danseuse représentée par Degas est une élève de ballet dénommée Marie van Goethem. Elle apparaît également dans le tableau *La Classe de ballet* peint par l'artiste en 1880.

EXPOSITION TEMPORAIRE L'IMPRESSIONNISME

1. c ; **2.** b, elle est Belge ; **3.** a ; **4.** b, c'est Medardo Rosso qui en est le principal représentant ; **5.** b ; **6.** a ; **7.** a ; **8.** a ; **9.** b ; **10.** b ; **11.** b, c'est seulement en 2000 qu'une femme y siégera, Jeanne Moreau, dans une section consacrée au cinéma et à l'audiovisuel ; **12.** c ; **13.** a, Louis Leroy, en s'inspirant du nom d'un tableau de Monet, *Impression, soleil levant* ; **14.** c, et plus particulièrement les estampes japonaises du peintre Utamaro ; **15.** c ; **16.** a ; **17.** c ; **18.** a ; **19.** c ; **20.** b.

11 QUEL ÉTAIT LE NOM ORIGINAL DU *BAISER* DE RODIN ?

1 UN MESSAGE CODÉ

Le quatrième est lié à la Russie.

INDICE 1

La **Russie**

L'image du « oui » russe sera à la quatrième place.

2 UN AMOUR INTERDIT

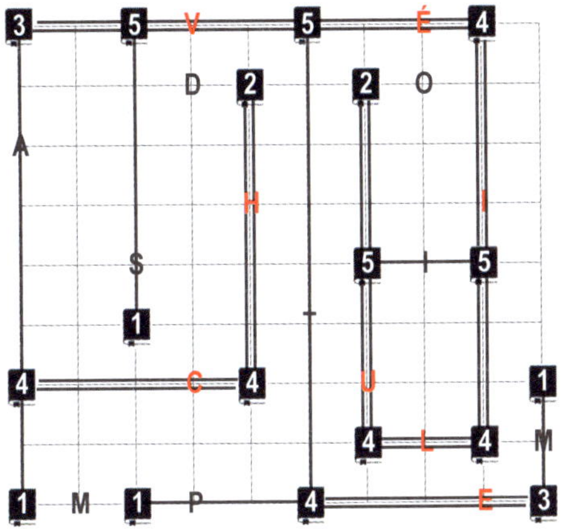

INDICE 2

Véhicule

L'image du **véhicule** sera à la dernière place du rébus.

3 DANS TOUTES LES MATIÈRES

Cette sculpture n'apparaît que trois fois.

INDICE 3

Dans le rébus final, la lettre sera à la **3e** place.

4 LES LIMITES D'UN ARTISTE

HUIT TROIS **SEPT** TREIZE

Chaque nombre commence par la lettre de celui qui le précède et se termine par la lettre de celui qui le suit.

INDICE 4

7

L'aliment sera à la cinquième (7 – 2) place.

5 UNE SCULPTURE PARMI D'AUTRES

INDICE 5

Animal

Dans le rébus, l'image de l'animal sera en deuxième position.

6 RÉSOLUTION DE L'ENQUÊTE

Les indices nous donnent les indications suivantes :

- L'image de l'**animal** est en deuxième position.
- La lettre est à la **3e** place.
- Le dessin lié à la **Russie** est à la quatrième place.
- L'**aliment** est à la cinquième place.
- L'image du **véhicule** est à la dernière place du rébus.

On peut donc remettre les images dans cet ordre :

(Français, [s], K, da, riz, mini)

Le premier titre de l'œuvre était ***Francesca da Rimini*.**

12 QUI A COPIÉ *LA NUIT ÉTOILÉE* DE VAN GOGH ?

1 DE FAUX NOMS

1. *Vase avec douze tournesols* ; **2.** *Champ de blé avec cyprès* ; **3.** *Terrasse du café le soir*

INDICE 1

Artistique

2 UNE NUIT MOUVEMENTÉE

Selon Van Gogh : « La nuit est beaucoup plus **vivante et richement colorée** que le jour ».

INDICE 2

I

3 DEUX MENTEURS

- Si Van Gogh ne dit que la vérité, alors Gauguin ne fait que mentir et Cézanne ment puis dit la vérité. Or, ça ne fonctionne pas, puisque Van Gogh et Cézanne n'indiquent pas le même mot.
- Si Gauguin ne dit que la vérité, alors Van Gogh ne fait que mentir, puisque le mot à chercher ne serait pas « italienne ». Mais ça ne fonctionne pas non plus, car Cézanne, qui dirait d'abord la vérité, mentirait ensuite en disant que « Van Gogh est un sale menteur ! »
- Enfin, si Cézanne ne dit que la vérité, Van Gogh ne ferait que mentir, puisque ce ne serait effectivement pas le mot « italienne » que l'on chercherait, mais « française ». Dans ce cas, c'est Gauguin qui dit d'abord un mensonge en disant que le mot n'est pas « française », puis la vérité en indiquant qu'il est d'accord avec l'un des peintres : Van Gogh.

C'est donc **Cézanne** que vous devez croire.

INDICE 3

Française

4 UN FÉRU D'ASTRONOMIE ?

INDICE 4

Vous devez récupérer une lettre sur deux parmi les couples suivants :

- lune orange : J / B
- planète violette : X / E
- planète bleue : Y / U
- soleil jaune : G / N
- planète rose : M / E

On peut ainsi former le mot : **« jeune »**.

5 SÉRIE DE CYPRÈS

Il faut additionner les deux chiffres du bas puis multiplier le résultat par le chiffre du haut. Ainsi (3 + 6) × 4 = 36 ; (2 + 4) × 3 = 18 ; (11 + 14)× 2 = 50.

INDICE 5

50

6 RÉSOLUTION DE L'ENQUÊTE

1. Le ou la coupable travaille uniquement dans le secteur **artistique**
 → on peut éliminer Justine.
2. Il ou elle a un **I** dans son prénom
 → on peut éliminer Olga.
3. Il ou elle est de nationalité **française**
 → on peut éliminer Frederico.
4. Ce n'est pas le ou la plus **jeune**
 → on peut éliminer Louis.
5. Il ou elle a moins de **50** ans
 → on peut éliminer Ali.

C'est **Anaïs** qui a copié le tableau de Van Gogh. Heureusement, vous la retrouvez et elle vous remet tout de suite le vrai tableau.

13 QUELLES COULEURS UTILISE MUNCH POUR FAIRE PASSER DES ÉMOTIONS DANS *LE CRI* ?

1 UNE SÉRIE DE CRIS

L'élément ajouté est la lune noire qui figure en haut à droite.

INDICE 1

Noir

2 LE TEMPS QUI PASSE

Il faut ajouter 1 heure et 55 minutes entre chaque horloge. Il faut donc les ranger ainsi : 8 h 25, 10 h 20, 12 h 15, 14 h 10.

INDICE 2

Rouge

3 UN EXPRESSIONNISTE

1. Norv**è**ge ; **2.** Malad**e** ; **3.** É**c**riture ; **4.** Peint**r**e.

INDICE 3

Vert

4 LES MÉANDRES DE L'ANGOISSE

INDICE 4

Orange

5 LA NATURE

En lisant tous ces mots, on constate que toutes les lettres de l'alphabet apparaissent au moins une fois, sauf le **B** et le **J**.

INDICE 5

Jaune

6 RÉSOLUTION DE L'ENQUÊTE

Lignes 1 et 5 : le violet ou le bleu est forcément dans le code donc l'orange et le noir n'y sont pas et le jaune et le vert y sont.

Lignes 2 et 4 : le rouge est forcément dans le code donc le violet n'y est pas et c'est le bleu qui y est.

Lignes 1, 4 et 5 : le jaune et le bleu sont forcément au milieu, le jaune et le vert sont donc bien placés ligne 2, et le bleu ligne 3. Il n'y a plus qu'à compléter avec le rouge en première position.

Munch utilise un rouge et un jaune ardents, ainsi qu'un bleu sombre pour créer un contraste qui inspire l'angoisse, mais aussi le vert livide pour le visage, qui rappelle la maladie ou la mort.

14 QUEL ÂGE AVAIT KLIMT LORSQU'IL A PEINT *LES TROIS ÂGES DE LA FEMME* ?

1 UNE BONNE MÉMOIRE ?

Le nombre **109** est le seul à n'apparaître que deux fois.

INDICE 1

218

2 LES FEMMES À L'HONNEUR

L'intruse est la femme du **portrait 4**, car c'est le seul personnage féminin à avoir été peint par Klimt avant les années 1900 et son cycle d'or.

INDICE 2

8

3 DÉCODAGE

Il faut lire une lettre sur deux pour comprendre : **« Celui que vous cherchez est le premier. »**

INDICE 3

1

4 DE NOUVELLES RECHERCHES

/	6 /	/	1	1 ●	1	/	/	/
1	1	/	/	/	/	/	5 /	0
2	●	9 /	/	0	/	●	/	/
2	●	/	/	/	1 /	1	/	8 /
/	4 /	1	/	1	/	2	2	1
●	/	/	/	/	0 ●	●	3	●
3	●	/	7 /	1	/	2	3	9 ●
●	2	6 /	/	/	/	/	/	/
/	/	/	1	3 ●	2	●	1	2 /

INDICE 4

1 093

❺ UN SIÈCLE PASSÉ

		1905		
	936	969		
523	413	556		
357	166	247	309	
292	65	101	146	163

Le tableau date de **1905**.

INDICE 5

5 468

❻ RÉSOLUTION DE L'ENQUÊTE

Pour passer d'un nombre à l'autre, il faut multiplier chacun par cinq puis lui ajouter trois. (**1** × 5) + 3 = 8 ; (**8** × 5) + 3 = 43 ; (**43** × 5) + 3 = 218 ; (**218** × 5) + 3 = 1 093 ;(**1 093** × 5) + 3 = 5 468

Le nombre manquant est **43**.

⓯ LEQUEL DES *NYMPHÉAS* DE MONET COMPORTE-T-IL UNE ERREUR ?

❶ UN ARTISTE PROLIFIQUE

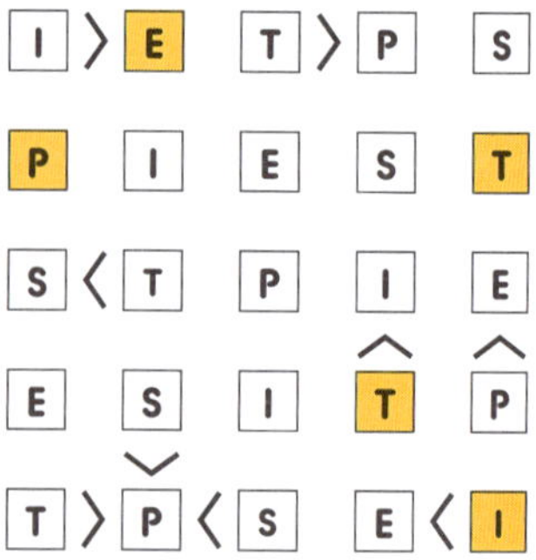

INDICE 1

Petit

❷ LE BASSIN DE NÉNUPHARS

INDICE 2

Rouge

❸ UNE BALADE NORMANDE

Je suis un beffroi.

INDICE 3

Roi

❹ DE BELLES IMPRESSIONS

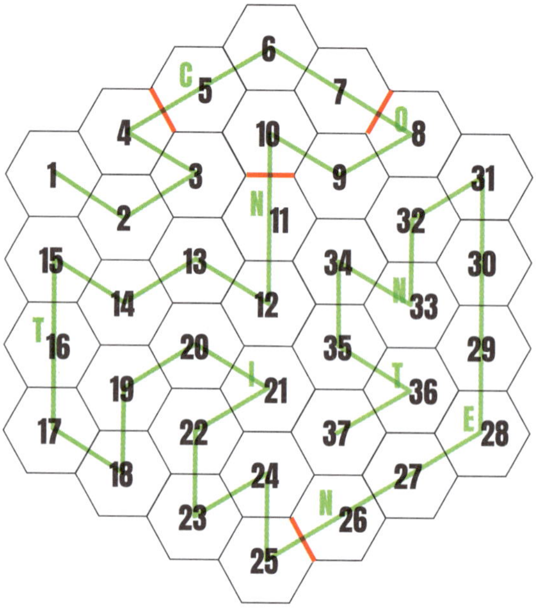

INDICE 4

Continent

❺ QUE LA LUMIÈRE SOIT !

« Vous cherchez la frontière. » L signifie « ligne » et C « colonne ». Le M, par exemple, situé ligne 2 colonne 4, s'écrit donc L2C4.

INDICE 5

Frontière

❻ RÉSOLUTION DE L'ENQUÊTE

Vous pouvez éliminer le Brésil, l'Égypte et la Russie, qui sont plus grands que la France métropolitaine, puis Israël et la Suède, qui n'ont pas de rouge sur leur drapeau. Vous pouvez ensuite éliminer le Japon et la Nouvelle-Zélande, qui ne sont pas en Europe, puis le Royaume-Uni qui est gouverné par un roi. Enfin, vous pouvez éliminer l'Allemagne, l'Italie et la Suisse, qui ont des frontières avec la France. Il ne reste que le Portugal.

Le pays qui n'a rien à faire là est le **Portugal.**

EXPOSITION TEMPORAIRE
L'ART ABSTRAIT ET LE SURRÉALISME

1. c ; **2.** b ; **3.** b ; **4.** b, il est apparu dans les années 1900 ; **5.** a ; **6.** a ; **7.** c ; **8.** b ; **9.** b ; **10.** c ; **11.** b, il est belge ; **12.** la peinture, la littérature, la musique, le cinéma, le théâtre, la photographie et la sculpture ; **13.** a ; **14.** *Un chien andalou* ; **15.** b ; **16.** a ; **17.** b ; **18.** b ; **19.** c ; **20.** a, il s'intitule *La Trahison des images*.

16 QUEL PERSONNAGE SOUHAITE S'EXPRIMER DANS *GUERNICA* DE PICASSO ?

1 DÉCRYPTAGE

En ne lisant que la dernière lettre de chaque ligne, on obtient « la seizième ».

INDICE 1

P (la seizième lettre de l'alphabet)

2 AU BOUT DU TUYAU

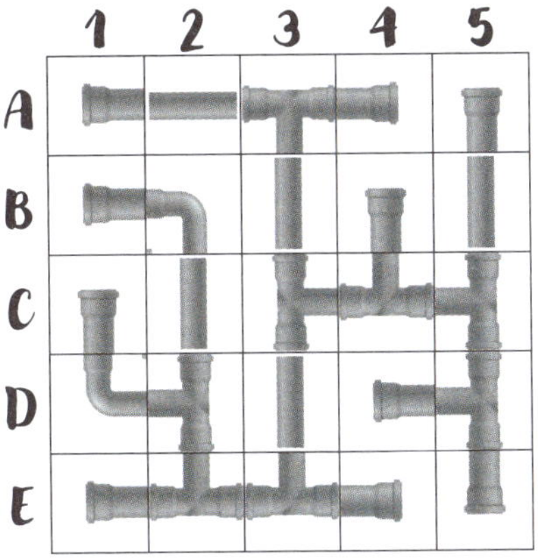

INDICE 2

O

3 UN GRAND TABLEAU

Largeur :
(498 – 353 + 55) × 4 = 800 centimètres.

Longueur :
(1 612 – 229 + 525 + 192) ÷ 6 = 350 centimètres.

INDICE 3

R

4 EN CHEMIN

INDICE 4

I

5 DE NOMBREUX SYMBOLES

B R U T A L I T É
V I C T I M E S
E S P A G N E
H O R R E U R
F A S C I S M E
T R I S T E S S E
O B S C U R I T É
M A D R I D
N A T I O N A L I S T E S
V I O L E N C E
G U E R R E

Le mot **« impuissance »** apparaît à la verticale.

INDICE 5

S

6 RÉSOLUTION DE L'ENQUÊTE

Le mot est « espoir ». C'est la femme qui tient la lanterne qui représente le mieux ce symbole, car elle porte une lumière dans la nuit.

17 DANS QUEL ORDRE RECONSTRUIRE LA VIE DE FRIDA KAHLO ?

1 PORTRAIT

Le seul détail qui ne correspond pas au modèle est celui-ci : « accident ».

INDICE 1

Accident

2 PASSÉ ET PRÉSENT

Neuf Fridas apparaissent sur la page.

INDICE 2

Marie

3 UNE RELATION COMPLEXE

Une fois dans l'ordre, les lettres permettent d'écrire « séparation ».

INDICE 3

Divorce

4 DES SYMBOLES

Chaque image représente un mot et il y a une lettre de différence entre chaque paire de mots :

- poule / poulpe = P
- fraise / frise = A
- sac / arcs = R
- tente / tétine = I
- alpes / pale = S

INDICE 4

Paris

5 UNE MEXICAINE

Reprendre le jeu en rayant les lettres en triple et en entourant P O L I O

Vous pouvez écrire le mot « polio » (diminutif de « poliomyélite »).

INDICE 5

Polio

6 RÉSOLUTION DE L'ENQUÊTE

1. Frida contracte la **polio** ; **2.** Frida se **marie** ; **3.** Frida a un **accident** ; **4.** Frida voyage à **Paris** ; **5.** Frida **divorce**.

18 QUI A DÉPOSÉ DES POMMES AU PIED DU *FILS DE L'HOMME* DE RENÉ MAGRITTE ?

1 MESSAGE CODÉ

« Magritte a eu une "période vache". »

Il s'agit d'une période de six semaines durant laquelle l'artiste a peint une quarantaine de tableaux grossiers, avec des personnages farfelus.

INDICE 1

V

2 RONDE DE POMMES

INDICE 2

K

3 LE SANS-VISAGE

« Je veille, dans la mesure du possible, **à ne faire que des peintures qui suscitent le mystère avec la précision** et l'enchantement nécessaire à la vie des idées. »

INDICE 3

T (de « peintures »)

4 ROUAGES

INDICE 4

C

5 LES MOTS DE MAGRITTE

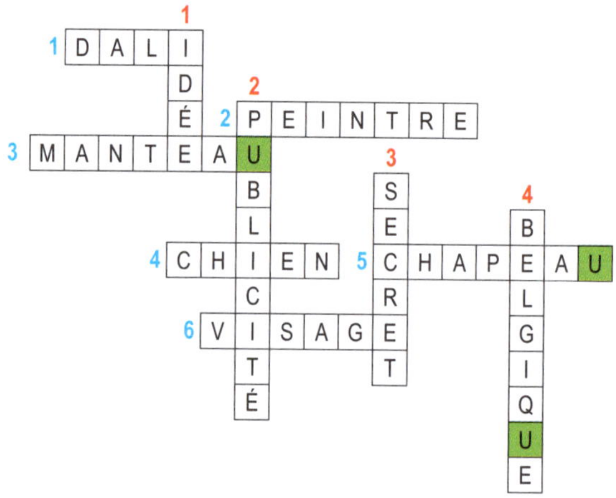

INDICE 5

U

6 RÉSOLUTION DE L'ENQUÊTE

Il faut décaler toutes les lettres de deux rangs en arrière (A = Y, B = Z, C = A, etc.).

INDICE 4	INDICE 3	INDICE 1	INDICE 2	INDICE 5	INDICE 1	
C	T	V	K	U	V	E
A	R	T	I	S	T	E

C'est un **artiste** qui a déposé ces pommes au pied du tableau. Comprenant sa démarche, vous décidez donc de les laisser, en ajoutant un écriteau pour le public.

19 OÙ LA *NANA* DE NIKI DE SAINT-PHALLE A-T-ELLE ÉTÉ CACHÉE ?

1 LES NANAS

Les lettres à trouver sont : C, A, N, I, E, N, N, S.

INDICE 1

Anciennes

2 LES FEMMES AU POUVOIR

Il faut disposer chaque groupe de lettres à la verticale, puis lire le message à l'horizontale.

I	N	T	É	R	E	S
S	E	Z	V	O	U	S
A	U	X	S	A	L	L
E	S	D	U	B	A	S

« Intéressez-vous aux salles du bas. »

INDICE 2

Salles du bas

3 DES MOTIFS FÉMININS

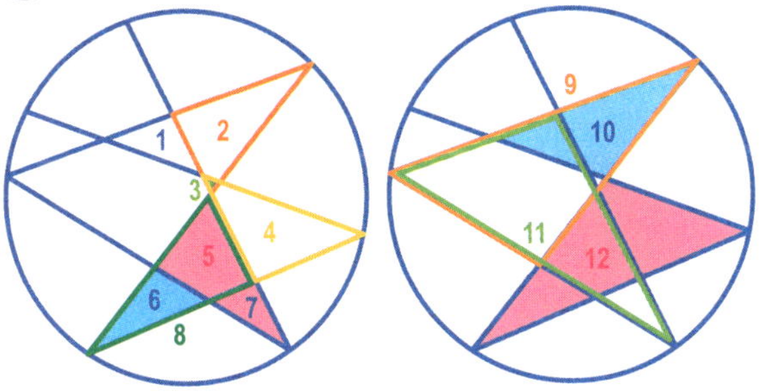

Il y a 12 triangles dans cette figure.

INDICE 3

U (12 + 9 = 21)

4 DIFFÉRENTES INSPIRATIONS

S-O-N-É-P-O-Q-U-E

INDICE 4

Son époque

5 ELLES VALENT MIEUX QUE DES MOTS

« ne se termine pas par E » (nœud, se, terre, mine, papa, rrr, œufs)

INDICE 5

Ne se termine pas par E.

6 RÉSOLUTION DE L'ENQUÊTE

1. La sculpture n'est pas dans les deux salles consacrées aux œuvres les plus anciennes → on élimine la salle sur l'Antiquité et celle sur la Renaissance
2. Elle n'est pas dans les deux salles du bas → on élimine les salles consacrées au romantisme et à l'impressionnisme
3. Elle n'est pas dans une salle qui se termine par la lettre U → on élimine la salle d'art nouveau
4. Elle n'est pas dans la salle consacrée à son époque → on élimine la salle d'art contemporain
5. La salle ne se termine pas par E → on élimine le surréalisme et l'expressionisme.

La *Nana* a été déplacée dans la **salle des estampes**.

En vous y rendant, vous êtes accueilli par tous vos collègues, qui portent un toast en votre honneur. Grâce à vous, l'exposition va pouvoir ouvrir ses portes dès le lendemain, et permettre à des milliers de personnes de découvrir ces œuvres majeures. Bravo !

EXPOSITION TEMPORAIRE

L'ART CONTEMPORAIN

1. a ; **2.** Banksy ; **3.** c ; **4.** a ; **5.** a ; **6.** c ; **7.** b ; **8.** c ; **9.** b ; **10.** b ; **11.** a ; **12.** c ; **13.** a ; **14.** b ; **15.** c ; **16.** c ; **17.** b ; **18.** a ; **19.** c ; **20.** a.

AIDES

AIDE N°1
Les nombres ont un rapport avec l'alphabet.

AIDE N°2
Commencez par regarder les lignes qui comportent le plus de cases à noircir.

AIDE N°3
Commencez par barrer les chiffres que vous ne pourrez pas utiliser.

AIDE N°4
Commencez par éliminer les lettres qui ne sont probablement pas dans le code.

AIDE N°5
Si la grille de lettres apparaissait sous la grille noire, que pourriez-vous lire ?

AIDE N°6
Essayez de ranger les images par ordre de valeur pour vous aider.

AIDE N°7
Lisez une lettre du haut puis une du bas, et ainsi de suite.

AIDE N°8
L'Académie royale est créée sous Louis XIV.

AIDE N°9
Commencez par barrer les cases qui ne peuvent pas contenir d'objet.

AIDE N°10
Identifiez ce que représente chaque image pour trouver la différence entre chaque paire de mots.

AIDE N°11
Par quelle couleur et en combien d'exemplaires pourriez-vous remplacer le pigment orange ?

AIDE N°12
Un point peut être relié à deux autres, pas plus. Regardez d'abord les 0 et les 3, sans oublier que vous ne devez faire qu'une seule grande boucle.

Exemple : ici on peut déjà placer les trois traits autour du 3. Ensuite, puisque les deux points à droite du 3 sont déjà reliés à deux autres, il ne peut pas y avoir de traits en haut et en bas du 2. Le deuxième trait est donc tout à droite.

AIDE N°13
À quelle lettre correspondent trois radeaux verts ?

AIDE N°14
Observez la taille des objets.

AIDE N°15
Barrez un maximum de cases, en vous rappelant notamment que deux vagues ne peuvent pas se toucher en diagonale.

AIDE N°16
Chaque nombre ne peut être utilisé qu'une fois. Faites des essais avec ceux qui sont encore disponibles.

AIDE N°17
La grille du bas indique les nombres qui ont déjà été utilisés.

AIDE N°18
Le mot à l'horizontale est un verbe à l'infinitif.

AIDE N°19
Commencez par les chiffres dans les coins, puis par ceux desquels partent le plus de traits.

AIDE N°20
Ne vous attardez pas sur les nombres mais sur leur orthographe.

AIDE N°21
Si vous ne connaissez pas les titres, aidez-vous de synonymes.

AIDE N°22
Coupez chaque phrase en deux pour différencier le vrai du faux.

AIDE N°23
Deux des vingt-six sont manquantes.

AIDE N°24
Commencez par regarder les lignes 1 et 5 pour éliminer des couleurs.

AIDE N°25
L'une de ces femmes ne date pas de la même période que les autres.

AIDE N°26
Éliminez d'abord les cases autour des 0, puis intéressez-vous à l'un des 2 de gauche.

AIDE N°27
Comme dans un Sudoku, si seulement deux lettres peuvent entrer dans deux des cases d'une ligne, c'est qu'elles ne peuvent pas être dans les trois autres cases de la ligne.

AIDE N°28
À quels mots font référence le L et le C ?

AIDE N°29
Observez la fin de chaque ligne.

AIDE N°30
Comptez les lettres de chaque mot pour placer ceux qui ne peuvent aller que sur une ligne précise.

AIDE N°31
Écrivez le mot désigné par chaque image pour vous aider.

AIDE N°32
Le mot que vous cherchez est le diminutif d'un autre.

AIDE N°33
Commencez par repérer l'axe de symétrie créé par deux pommes face à face.

AIDE N°34
Imaginez une feuille de papier qui passe entre les différents rouages.

AIDE N°35
Comptez le nombre de lettres et de groupes de lettres, puis comparez-les à la grille.

AIDE N°36
Un grand triangle peut en cacher plusieurs petits.

Achevé d'imprimer en Mars 2025 en Italie par Rotolito S.p.A. dépot légal : Mai 2025 -Édition 01